Y POR ESO ROMPIMOS

Y POR ESO ROMPIMOS

ESCRITO POR
DANIEL HANDLER

ILUSTRADO POR
MAIRA KALMAN

ALFAGUARA

ALFAGUARA MR

www.librosalfaguarajuvenil.com

Título original: *Why We Broke Up*

D.R. © Del texto: Daniel Handler, 2011
D.R. © De las ilustraciones (interiores y cubierta): Maira Kalman, 2011
D.R. © De la traducción: Montserrat Nieto Sánchez, 2013
D.R. © Del diseño de cubierta: Gail Doobinin, 2011

D.R. © De esta edición: 2013, Santillana Ediciones Generales, S. L., 2013
    Av. Río Mixcoac 274, Col. Acacias
    C.P. 03240, México, D.F.

Alfaguara es un sello editorial del Grupo Prisa.
Éstas son sus sedes:

ARGENTINA, BOLIVIA, CHILE, COLOMBIA, COSTA RICA, ECUADOR, EL SALVADOR,
ESPAÑA, ESTADOS UNIDOS, GUATEMALA, MÉXICO, PANAMÁ, PARAGUAY, PERÚ,
PUERTO RICO, REPÚBLICA DOMINICANA, URUGUAY Y VENEZUELA.

Primera edición: marzo de 2013

ISBN: 978-607-11-2456-2

Impreso en México

PRISA EDICIONES

Para Charlotte:
porque permanecimos juntos

D. H. + M. K.

Querido Ed:

En breve, oirás un ruido sordo y hueco. Será en la puerta principal, la que nadie utiliza. Cuando golpee el suelo, producirá un leve traqueteo en las bisagras porque es algo muy importante y pesado, un ligero sonido discordante unido al ruido sordo, y Joan levantará la vista de lo que quiera que esté cocinando. Mirará la cacerola, preocupada porque si acude a ver de qué se trata, podría derramarse. Imagino su ceño fruncido reflejado en la salsa burbujeante o lo que sea. Pero irá, irá y mirará. Tú no, Ed. Tú no acudirás. Probablemente te encuentres en el piso de arriba, sudoroso y solo. Deberías estar bañándote, pero estarás tirado en la cama con el corazón destrozado, o eso espero. Así que será tu hermana, Joan, quien abrirá, aunque el golpe seco sea para ti. Tú ni siquiera sabrás ni oirás lo que han tirado a tu puerta. Ni siquiera sabrás por qué ha sucedido.

Es un día hermoso, soleado y todo eso. De esos en los que piensas que todo saldrá bien, etcétera. No es el día adecuado para esto, no para nosotros, que estuvimos saliendo cuando llovía, entre el 5 de octubre y el 12 de noviembre. Pero ahora estamos en diciembre, el cielo está radiante y lo tengo claro. Te voy a explicar por qué rompimos, Ed. Te voy a contar en esta carta toda la verdad de por qué sucedió. Y la maldita verdad es que te quise demasiado.

El ruido sordo y hueco lo ha producido la caja, Ed. Esto es lo que te dejo. La encontré en el sótano y la tomé cuando nuestras cosas ya no cabían en el cajón de mi buró. Además pensé que mi madre podría encontrar algunas de ellas, porque le gusta husmear en mis secretos. Así que metí todo en la caja y a esta dentro del clóset, y encima amontoné algunos zapatos que nunca me pongo. Cada uno de los recuerdos del amor que compartimos, los tesoros y despojos de esta relación, como el confeti en las alcantarillas cuando ha terminado un desfile, todo amontonado contra la banqueta. Voy a tirar la caja entera de nuevo en tu vida, Ed, cada objeto tuyo y mío. Voy a tirarla en tu porche, Ed, aunque es a ti a quien estoy desechando.

El ruido sordo y hueco me hará sonreír, lo admito. Algo poco habitual últimamente, ya que en los últimos tiempos he sido como Aimeé Rondelé en una película francesa que no has visto. Ella interpreta a una asesina y diseñadora de moda que solo sonríe dos veces en toda la cinta. La primera, cuando sacan del edificio al matón que liquidó a su padre, pero no estoy pensando en esa vez. Es en la del final, cuando consigue por fin el sobre con las fotografías y, sin abrirlo, lo quema y sabe que todo ha terminado. Recuerdo la imagen. El mundo vuelve a ser lo que era, es lo que dice su sonrisa. Te quise y ahora te devuelvo tus cosas, las saco de mi vida igual que a ti, es lo que dice la mía. Sé que no puedes imaginarlo, tú no, Ed, pero tal vez si te cuento la historia completa la entenderás esta vez, porque incluso ahora quiero que la comprendas. Ya no te quiero, por supuesto que no, aunque todavía quedan cosas que mostrarte. Sabes que me gustaría ser directora de cine; sin embargo, tú nunca fuiste capaz de ver las películas que surgían en mi cabeza, y por eso, Ed, por eso rompimos.

Escribí mi cita favorita en la tapa de la caja, una de Hawk Davies, una verdadera leyenda, y estoy escribiendo esta carta con esa tapa como escritorio, así que puedo sentir a Hawk Davies fluyendo a través de cada palabra. La camioneta de la tienda del padre de Al traquetea, y por eso algunas veces la escritura me sale temblorosa, así que mala suerte la tuya, cuando la leas. Llamé a Al esta mañana y en cuanto le dije: «¿Sabes qué?», él me respondió: «Me vas a pedir que te ayude a hacer un mandado con la camioneta de mi padre».

—Eres bueno adivinando —le dije—. Estuviste cerca.

—¿Cerca?

—Bueno, sí, es eso.

—Está bien, dame un segundo para buscar las llaves y te recojo.

—Deberían estar en tu chamarra, la de anoche.

—Tú también eres buena.

—¿No quieres saber cuál es el mandado?

—Me lo puedes decir cuando llegue allá.

—Quiero contártelo ahora.

—No importa, Min —aseguró.

—Llámame La Desesperada —le dije.

—¿Cómo?

—Voy a devolverle las cosas a Ed —anuncié tras un profundo suspiro, y entonces Al suspiró también.

—Por fin.

—Sí. Mi parte del trato, ¿no es así?

—Cuando estuvieras lista, sí. Entonces, ¿llegó el momento?

Otro suspiro, más profundo pero más tembloroso.

—Sí.

—¿Te sientes triste?

—No.

—*Mín.*

—Está bien, sí.

—Está bien, tengo las llaves. Dame cinco minutos.

—Está bien.

—¿Está bien?

—Es que estoy leyendo la cita de la caja. Ya sabes, la de Hawk Davies. Las intuiciones se tienen o no se tienen.

—Cinco minutos, Min.

—Al, lo siento. Ni siquiera debería...

—Min, no pasa nada.

—No tienes por qué hacerlo. Es solo que la caja es tan pesada que no sé...

—*Está bien,* Min. Y por supuesto que tengo que hacerlo.

—¿Por qué?

Al suspiró al otro lado del teléfono mientras yo continuaba mirando la tapa de la caja. Echaré de menos ver la cita cuando abra el armario, pero a ti no, Ed, a ti no te echaré ni te echo de menos.

—Porque, Min —respondió Al—, las llaves estaban justo en mi chamarra, donde dijiste que estarían.

Al es una persona buena de verdad, Ed. Fue en su fiesta de cumpleaños donde tú y yo nos conocimos, aunque no es que él te hubiera invitado, porque entonces no tenía ninguna opinión sobre ti. No los invitó ni a ti ni a nadie de tu grupo de deportistas gruñones a la celebración de sus amargos dieciséis. Yo salí temprano de la escuela para ayudarle a preparar el pesto de hojas de diente de león, elaborado con queso gorgonzola en vez de parmesano para hacerlo un poco más amargo, que servimos con ñoquis de tinta de calamar de la tienda de su padre. También mezclé una vinagreta de naranja roja para la ensalada de frutas y cociné aquel enorme pastel de chocolate negro con un 89 por ciento de cacao en forma de un gran corazón oscuro, tan amargo que no pudimos comérnoslo. Tú simplemente te presentaste sin invitación, acompañado de Trevor, Christian y todos esos para esconderse en un rincón y no tocar nada, excepto unas nueve botellas de cerveza Scarpia's Bitter Black Ale. Yo fui una buena invitada, Ed, tú ni siquiera le deseaste a tu anfitrión un «amargo cumpleaños», ni tampoco le llevaste un regalo, y por eso rompimos.

Estas son las corcholatas de las botellas de Scarpia's Bitter Black Ale que tú y yo nos tomamos en el jardín trasero de la casa de Al aquella noche. Recuerdo las estrellas brillando con destellos punzantes y nuestro aliento condensado por el frío, tú vestido con la chamarra del equipo y yo con ese suéter de Al que siempre tomo prestado en su casa. Lo tenía preparado, limpio y doblado cuando lo acompañé al piso de arriba para darle su regalo antes de que llegaran los invitados.

—Te dije que no quería ningún regalo —protestó Al—. Que la fiesta era suficiente, sin el obligatorio...

—No es *obligatorio* —le aseguré repitiendo la palabra que ambos habíamos aprendido en secundaria con las mismas tarjetas de vocabulario—. Encontré algo. Es perfecto. Ábrelo.

Tomó la bolsa que yo le ofrecía, nervioso.

—Vamos, feliz cumpleaños.

—¿Qué es?

—Lo que más deseas. Eso espero. Ábrelo. Me estás volviendo loca.

Crujido de papel, crujido de papel, ras, y Al lanzó una especie de grito ahogado. Fue muy satisfactorio.

—¿Dónde encontraste esto?

—¿No se parece, mejor dicho, no es *igualita* a la que el chico lleva en la escena de la fiesta en *Una semana extraordinaria?* —le pregunté.

Al sonrió mirando la delgada caja. Era una corbata, de color verde oscuro y con un moderno bordado de diamantes en hilera. Llevaba meses en mi cajón de los calcetines, esperando.

—Sácala —lo animé—. Póntela esta noche. ¿No es *igualita?*

—Cuando sale del Porcini XL10 —añadió él, pero mirándome a mí.

—Tu escena preferida de la película. Espero que te guste.

—Por supuesto, Min. Me encanta. ¿Dónde la encontraste?

—Me escapé a Italia y seduje a Carlo Ronzi, y cuando se quedó dormido me colé en su almacén de vestuario...

—*Min.*

—En un bazar. Déjame que te la ponga.

—Puedo anudarme yo mismo la corbata, Min.

—No en el día de tu cumpleaños —jugueteé con el cuello de su camisa—. Con esto puesto te van a devorar.

—¿Quiénes?

—Las chicas, las mujeres. En la fiesta.

—Min, van a venir los mismos amigos de siempre.

—No estés tan seguro.

—Min.

—¿No estás preparado? Yo sí. Joe quedó totalmente en el pasado y aquel asunto del verano está olvidado. Y tú. Lo de la chica de Los Ángeles parece que fue hace un millón de años...

—Fue el año pasado. En realidad, *este año,* pero el curso pasado.

—Sí, y acabamos de empezar el segundo año de prepa, la primera cosa importante que nos pasa. ¿No estás listo? ¿Para una fiesta y un romance y *Una semana extraordinaria?* ¿No tienes hambre, no sé, de...?

—Tengo hambre de pesto.

—Al.

—Y de que la gente se divierta. Eso es todo. Es solo un cumpleaños.

—¡Son los amargos dieciséis! Me estás diciendo que si una chica se parara en un Porcini lo que sea...

—Bueno, de acuerdo, para el coche sí estoy preparado.

—Cuando cumplas veintiuno te compraré el coche —le dije—. Esta noche toca la corbata y algo...

Al suspiró, muy lentamente, mirándome.

—No puedes hacerlo, Min.

—Puedo encontrar lo que tu corazón desea. Mira, lo hice una vez.

—Es el nudo de la corbata lo que no puedes hacer. Parece que estás trenzando un cordón. Déjalo.

—Bueno, bueno.

—Pero gracias.

Le arreglé el pelo.

—Feliz cumpleaños —dije.

—El suéter está ahí para cuando tengas frío.

—Sí, porque yo estaré acurrucada en algún lugar ahí fuera mientras tú disfrutas de un mundo de pasión y aventura.

—Y de pesto, Min. No te olvides del pesto.

En el piso de abajo, Jordan había puesto el amargo *playlist* en el que habíamos trabajado como burros y Lauren se paseaba con un largo cerillo encendiendo velas. La sensación era de «Silencio en el set», apenas diez minutos en los que todo chisporroteaba pero nada sucedía. Y entonces la puerta con mosquitero se abrió con un silbido y Mónica y su hermano y ese chico que juega tenis entraron con vino que habían sacado de la fiesta de inauguración de la casa de su madre —aún envuelto en un estúpido papel de regalo—, subieron la música y la celebración dio comienzo. Yo guardé silencio sobre mi misión, aunque continué buscando a alguien para Al. Pero aquella noche las chicas no eran las adecuadas: tenían diamantina en las mejillas o estaban demasiado ansiosas, sin ningún conocimiento sobre películas o ya con novio. Y se hizo tarde y el hielo se había convertido casi todo en agua en el gran recipiente de cristal, como los restos de las capas polares. Al no dejaba de decir que no era el momento del pastel y entonces, como una canción que ni siquiera recordábamos que estuviera en la selección musical, irrumpiste en la casa y en mi vida.

Te veías fuerte, Ed. Supongo que siempre has sido así: los hombros, la mandíbula, los brazos impulsándote a través de la habitación, tu cuello, donde ahora sé que te gusta recibir besos. Fuerte y bañado, seguro de ti mismo, incluso amable, aunque no ansioso por agradar. Inmenso como un grito, bien descansado, en buena forma física. Como dije, bañado. Guapísimo, Ed, es a lo que me refiero. Lancé un grito ahogado como el de Al cuando le di el regalo perfecto.

—Me encanta esta canción —dijo alguien.

Seguramente haces siempre lo mismo en las fiestas, Ed: un lento y desdeñoso recorrido de habitación en habitación saludando a todo el mundo con un movimiento de cabeza y los ojos fijos en tu siguiente destino. Algunas personas te lanzaron miradas desafiantes, varios chicos chocaron los cinco contigo y Trevor y Christian estuvieron a punto de bloquearles el paso como guardaespaldas. Trevor estaba realmente borracho y lo seguiste cuando se escabulló por una puerta lejos de las miradas; yo me obligué a esperar hasta que sonara el estribillo de la canción de nuevo antes de ir a ver. No sé por qué, Ed. No es que no te hubiera visto antes. Todos te conocían, tú eres como, no sé, un actor al que todo el mundo ve crecer. Todos te habían visto antes, nadie puede recordar no haberte visto. Pero de repente, sentí una verdadera necesidad de contemplarte de nuevo en ese mismo instante, esa noche. Pasé apretujándome contra el chico que había ganado el premio de ciencias y me asomé al comedor, la guarida con las fotografías enmarcadas en las que Al aparece con aspecto incómodo en los escalones de la iglesia. Estaba abarrotado, como todas las habitaciones, con demasiado calor y ruido excesivo, así que corrí escaleras arriba, toqué la puerta por si ya había alguien en la cama de Al, tomé el suéter y me deslicé hacia afuera en busca de aire, y por si te encontraba en el jardín. Y ahí estabas, ahí estabas. ¿Qué me empujó a aquello mientras tú esperabas de pie, con una sonrisa irónica y dos cervezas en las manos, a que Trevor vomitara sobre los arbustos de la madre de Al? Yo no tendría que haber estado buscando, no algo para mí. No era *mi* cumpleaños, es lo que pensé. No había razón alguna por la que debiera haber salido al jardín, sola. Eras Ed Slaterton, por Dios, me dije a mí misma, ni siquiera estabas invitado. ¿Qué me pasaba? ¿Qué estaba haciendo? Pero ya estaba hablando contigo y preguntándote qué sucedía.

—A mí nada —respondiste—. Pero Trev está un poco mareado.

—Jódete —balbuceó Trevor desde los arbustos.

Te reíste y yo también. Alzaste las botellas hacia la luz del porche para distinguir cuál era cuál.

—Toma, esta no la ha tocado nadie.

Normalmente, no bebo cerveza. A decir verdad, no bebo nada. Tomé la botella.

—¿Esta no era para tu amigo?

—No debería mezclar —afirmaste—. Ya se tomó media de Parker's.

—¿En serio?

Me miraste y agarraste de nuevo la cerveza porque yo era incapaz de abrirla. Lo hiciste en un segundo y al devolvérmela, dejaste caer las dos corcholatas en mi mano como monedas, como un tesoro secreto.

—Perdimos —me explicaste.

—Y ¿qué hace cuando ganan? —pregunté.

—Beberse media botella de Parker's —dijiste, y luego...

Joan me contó después que una vez les habían dado una paliza en una fiesta de deportistas después de haber perdido un partido, y que por eso terminaban en fiestas ajenas cuando perdían. Me dijo que sería difícil salir con su hermano, la estrella del basquetbol. «Serás una viuda —aseguró mientras lamía la cuchara y le subía de volumen a Hawk—. Una viuda del basquetbol, completamente aburrida mientras él hace fintas por todo el mundo».

Pensé, qué estúpida fui, que no me importaba.

... y luego me preguntaste mi nombre. Yo contesté que Min, diminutivo de Minerva, diosa romana de la sabiduría, porque mi padre estaba estudiando el doctorado cuando nací, y que no, que ni me lo preguntara, que solo mi abuela podía llamarme Minnie, porque, como ella decía y yo repetí imitando su voz, me quería más que nadie.

Tú dijiste que te llamabas Ed. Como si no lo supiera. Quise saber cómo habían perdido.

—No me preguntes eso —exclamaste—. Contarte cómo perdimos herirá todos mis sentimientos.

Eso me gustó, *todos mis sentimientos.*

—¿Cada uno de ellos? —pregunté—. ¿De verdad?

—Bueno —añadiste y diste un trago—, podrían quedarme uno o dos. Aún podría tener alguna sensación.

Yo también tuve una sensación. Por supuesto, me contaste cómo habían perdido el partido, Ed, porque eres un chico. Trevor roncaba sobre el pasto. La cerveza me sabía mal y la tiré discretamente sobre la tierra fría a mi espalda, mientras en el interior la gente cantaba. «Cumpleaños amargo a ti, cumpleaños amargo a ti, cumpleaños amargo, querido Al —y Al nunca me reprochó que me hubiera quedado afuera con un chico sobre el que no tenía ninguna opinión, en vez de entrar para ver cómo soplaba sus dieciséis velas negras sobre aquel corazón negro e incomible— cumpleaños amargo a ti». Me contaste el relato completo, con tus delgados brazos dentro de aquella chamarra raída y acartonada, y recreaste todas tus jugadas. El basquetbol sigue resultándome incomprensible, unos tipos en uniforme que botan una pelota, frenéticos y gritando, y aunque no te escuchaba, puse atención a cada palabra. ¿Sabes lo que me gustó, Ed? La expresión *colada.* Saboreé la palabra, *colada, colada, colada,* entre tus fintas y faltas, tus tiros libres y bloqueos y las meteduras de pata que lo mandaron todo al carajo. La colada, un veloz movimiento que salía como lo habías planeado, mientras todos los invitados aún cantaban adentro de la casa: «porque es un gran amargado, porque es un gran amargado, porque es un gran amargado, y nadie lo puede negar». En una película, mantendría el volumen de la canción tan alto a través de la ventana que tus palabras se escucharían como un murmullo deportivo mientras terminabas de relatar el partido y tirabas la botella elegantemente por encima de la valla, haciéndola añicos, y luego empezabas a preguntarme:

—¿Podría llamarte...?

Pensé que ibas a preguntar si podías llamarme Minnie. Pero simplemente querías saber si podías llamarme. ¿Quién eras tú para pedirme aquello, a quién le estaba contestando que sí? Te habría dejado, Ed, te habría permitido llamarme eso que odio que me llamen, excepto si lo hace la persona que me quiere más que nadie. En vez de eso dije que sí, claro, que podías llamarme para, tal vez, ver una película el próximo fin de semana, y, Ed, lo que sucede con los deseos del corazón es que tu corazón ni siquiera sabe lo que desea hasta que lo tiene enfrente. Igual que una corbata en un bazar, un objeto perfecto en un cajón de naderías, apareciste ahí, sin invitación, y de repente la fiesta pasó a un segundo plano y tú eras lo único que yo quería, el mejor regalo. Ni siquiera lo había estado buscando, no a ti, y ahora eras lo que mi corazón deseaba, mientras despertabas a Trevor a puntapiés y te sumergías a grandes zancadas en la noche.

—¿Ese era... *Ed Slaterton?* —preguntó Lauren con una bolsa en la mano.

—¿Cuándo? —respondí.

—Antes. No digas *cuándo.* Era. ¿Quién lo invitó? Qué *loco,* él aquí.

—Lo sé —afirmé—. Nadie lo invitó.

—¿Y estaba anotando tu número de teléfono?

Cerré la mano sobre las corcholatas de las botellas para que nadie las viera.

—Este...

—¿Ed Slaterton te va a invitar a salir? ¿Ed Slaterton te *invitó* a salir?

—No me invitó a salir —respondí. Técnicamente no lo habías hecho—. Solo me preguntó si podía...

—¿Si podía qué?

La bolsa crujió con el viento.

—Si podía invitarme a salir —admití.

—Dios Santo que estás en el cielo —exclamó Lauren, y luego, rápidamente—, como diría mi madre.

—Lauren...

—*Ed Slaterton* acaba de invitar a Min a salir con él —vociferó en dirección a la casa.

—¿Cómo? —Jordan salió.

Al miró a través de la ventana de la cocina, ofuscado y sorprendido, frunciendo el ceño sobre el fregadero como si yo fuera un mapache.

—Ed Slaterton acaba de invitar a Min...

Jordan miró alrededor del jardín en busca de Ed.

—¿De verdad?

—No —aseguré—, no realmente. Solo me pidió mi número de teléfono.

—Claro, eso podría significar cualquier cosa —resopló Lauren lanzando servilletas mojadas dentro de la bolsa—. Tal vez trabaje para la compañía telefónica.

—Bueno, ya.

—Tal vez, simplemente esté obsesionado con los números de teléfono.

—*Lauren...*

—*Te invitó a salir.* Ed Slaterton.

—No va a llamar —insistí—. Solo fue una fiesta.

—No te menosprecies —dijo Jordan—. Ahora que lo pienso, posees todas las cualidades que Ed Slaterton busca en sus millones de novias. Tienes dos piernas.

—Y eres una forma de vida basada en el carbono —añadió Lauren.

—Ya basta —exclamé—. Él no es... es solo un chico.

—Escúchenla, *solo un chico* —Lauren siguió recogiendo basura—. Ed Slaterton te invitó a salir. Es un disparate. Como en *Los ojos en el tejado.*

—No es tan disparatado como lo que, por otra parte, es una gran película, y el título es *Los ojos en el cielo.* Además, no me va a llamar.

—Simplemente, me parece increíble —dijo Jordan.

—No hay nada en qué creer —les aseguré a todos los que estaban en el jardín, incluida yo—. Hicimos una fiesta y Ed Slaterton estuvo ahí, pero ya se acabó y ahora estamos limpiando.

—Entonces, ven a ayudarme —dijo Al por fin, y levantó la ponchera chorreante. Me apresuré a entrar en la cocina y busqué un trapo.

—¿Vas a tirar eso?

—¿Qué?

Al señaló las corcholatas de mi mano.

—Sí, claro —contesté, pero al darle la espalda las metí en mi bolsillo. Al me acercó todo, la ponchera y el trapo para secarla, y me echó un vistazo.

—¿Ed Slaterton?

—Sí —respondí tratando de bostezar. El corazón me latía con fuerza en el pecho.

—¿De verdad te va a llamar?

—No lo sé —dije.

—Pero... ¿deseas que lo haga?

—No lo sé.

—¿No lo sabes?

—No va a llamarme. Es Ed Slaterton.

—Sé quién es, Min. Pero tú... ¿qué quieres?

—No lo sé.

—Sí lo sabes. ¿Cómo no vas a saberlo?

Soy buena cambiando de tema.

—Feliz cumpleaños, Al.

Al solo sacudió la cabeza, probablemente porque yo estaba sonriendo. Supongo. Supongo que sonreía, una vez terminada la fiesta y con estas corcholatas ardiendo en mi bolsillo. Tómalas, Ed. Aquí están. Te devuelvo la sonrisa y aquella noche, te lo devuelvo todo. Ojalá pudiera.

5 Octubre
GRETA EN TIERRAS SALVAJES
Por Favor
CONSERVE
1
ESTE
BOLETO
MATINÉ PARA ESTUDIANTES
Carnelian

Este es un boleto de la primera película que vimos, mira lo que está impreso en él: *Greta en tierras salvajes,* matiné para estudiantes, 5 de octubre, una fecha que jamás dejará de ponerme nerviosa. Ignoro si es el tuyo o el mío, pero lo que tengo claro es que compré los dos y esperé afuera, tratando de no caminar impaciente en medio del frío. Estuviste a punto de llegar tarde, lo que se convertiría en algo habitual. Tenía una intuición: que no ibas a aparecer. Ese era mi presentimiento, mientras la cámara enfocaba de arriba y abajo la calle vacía en la película de aquel día, *5 de octubre,* conmigo sola, en gris, caminando impaciente frente al objetivo. Y qué, pensé. Solo eres Ed Slaterton. Aparece. ¿A quién le importa? Aparece, aparece, ¿dónde estás? Jódete, todo el mundo tenía razón sobre ti. Demuestra que están equivocados, ¿dónde estás?

Y entonces, desde no se sabe dónde, entraste de nuevo en mi vida, dándome unos golpecitos en el hombro, con el pelo peinado y húmedo, sonriendo, tal vez nervioso. Tal vez sin aliento, como yo.

—Hola —exclamé.

—Hola —respondiste—. Siento llegar tarde, si es que llego tarde. No me acordaba de cuál era este cine. Nunca vengo aquí. Lo confundí con el Internationale.

—¿El Internationale? —el Internationale, Ed, no es el Carnelian. El Internationale proyecta adaptaciones británicas de las tres mismas novelas de Jane Austen una y otra vez, y documentales sobre contaminación—. ¿Y quién te estaba esperando en el Internationale?

—Nadie —dijiste—. Estaba vacío. Prefiero este.

Nos quedamos quietos, el uno al lado del otro, y abrí la puerta.

—Así que ¿nunca has estado aquí?

—Una vez en una excursión del colegio para ver algo sobre la Segunda Guerra Mundial. Y antes de eso mi padre nos trajo a Joan y a mí a ver una peli en blanco y negro, debió haber sido antes de que conociera a Kim.

—Yo vengo, digamos que, todas las semanas.

—Está bien saberlo —dijiste—. Así siempre podré encontrarte.

—Ajá —respondí saboreando tus palabras.

—Bueno, ¿puedes decirme otra vez qué vamos a ver?

—*Greta en tierras salvajes.* Es la obra maestra de P. F. Mailer. Casi nadie consigue verla en la gran pantalla.

—Guau —exclamaste echando un vistazo al vestíbulo solitario. Únicamente estaban los habituales hombres con barba que acudían solos, otra pareja probablemente de universitarios y una anciana con un bonito sombrero que llamó mi atención—. Voy a comprar los boletos.

—Ya los tengo —dije.

—Vaya —respondiste—. Bueno, ¿qué puedo comprar yo? ¿Palomitas?

—Claro. En el Carnelian hacen de las de verdad.

—Estupendo. ¿Te gustan con mantequilla?

—Lo que tú quieras.

—No —dijiste rozándome el hombro; estoy segura de que no lo recuerdas, pero yo me derretí—, lo que *tú* quieras.

Conseguí exactamente lo que quería. Nos situamos en la sexta fila, donde siempre me gusta sentarme. El mural descolorido, el suelo pegajoso. Los hombres barbudos idénticos y acomodados en butacas distantes, como las esquinas de un rectángulo. El perfil de la anciana de pie en la parte trasera, quitándose el sombrero y colocándolo junto a ella. Y tú, Ed, con tu brazo por encima de mis hombros provocándome un escalofrío, mientras las luces se apagaban.

Greta en tierras salvajes comienza espléndidamente, maravillosamente, con la apertura de un telón. Lottie Carson es una corista de teatro con un hoyuelo en la mejilla que la convirtió en Belleza Cinematográfica de Estados Unidos y en amante de P. F. Mailer. No es mucho mayor que yo ahora, lleva un abanico de encaje y un diminuto sombrero al tiempo que canta una canción titulada *Tú eres mi norte, cariño*. Miles de la Raz no puede apartar los ojos de ella. Mientras, tú tomabas mi mano entre las tuyas, cálidas y electrizantes, dejando las palomitas abandonadas.

Entre bastidores, se comporta como un imbécil. «Greta, te he dicho un millón de veces que no hables con ese vago y asqueroso trombonista». «Oh, Joe, solo es un amigo, es todo», etcétera. Más diálogo, otra canción, creo, y...

... me estabas besando. Sucedió de repente, supongo, aunque no es repentino besar a alguien en una cita, especialmente si eres Ed Slaterton, y también, para ser fiel a la verdad, si eres

Min Green. Fue un buen primer beso, suave e impactante, y puedo sentirlo ahora en la camioneta del padre de Al, como una luz y un aleteo en el cuello. Me pregunté qué harías a continuación, y entonces, con un *rat-tat-tat* de ametralladoras disparando contra las cajas de instrumentos mientras Lottie Carson grita, te devolví el beso.

Lottie debe abandonar la ciudad, pero nosotros nos quedamos exactamente donde estábamos. El hombre de confianza de Miles de la Raz la mete en el tren y ella, enojada, le lanza el *mink* sobre su cara rabiosa. Seguramente no recuerdas esa escena porque en ese instante me estabas besando apasionadamente, con la boca húmeda y un ligero sabor a menta de la pasta de dientes. Al y yo la vimos en secundaria, en su casa, en sesión doble con *Toma esa pistola,* acompañada de pizza y un café helado que a mí me hizo balbucear, aunque a Al solamente lo puso nervioso y le temblaba la rodilla tanto que no sabía ni en dónde poner las manos. Así que conozco la escena. Ella se arrepiente de su gesto con el *mink* porque el tren se dirige hacia el norte. En Yukon se encuentra con Will Ringer, abrigado hasta las orejas en un trineo de perros y dispuesto a llevarla el resto del camino hasta su escondite... Mientras tu mano descansaba en mi cuello sin que yo supiera si la deslizarías hacia abajo para tocarme por encima de mi segunda camiseta favorita, la que tiene esos extraños botones de perla que te obligan a lavarla a mano, o si la llevarías hasta mi cintura antes de meterla por debajo. ¿Y si te lo impido? ¿Y si quiero? ¿Y si se lo dices a alguien? Tus manos estarían sobre mi cuerpo y solo habían pasado veinte minutos de la primera película de nuestra primera cita. Así que interrumpí el beso cuando Lottie Carson se acuesta sola en el iglú, mientras Will Ringer, porque ella se lo pide, porque la quiere, duerme con los perros. Permanecimos sentados y quietos el resto de la película, en la oscuridad, apenas agarrados de la mano hasta que llegó el final y el gran, gran beso, y luego, mientras parpadeábamos en el vestíbulo, te pregunté qué te había parecido.

—Bueno —respondiste, y te encogiste de hombros, me miraste, te volviste a encoger de hombros y sacudiste la mano con un gesto de más o menos; entonces deseé tomarte de la muñeca y colocar tu palma justo donde antes te había impedido que la colocaras. Mi corazón, Ed, golpeaba mi pecho deseando que sucediera, justo en ese instante, el 5 de octubre, en el cine Carnelian.

—Bueno, a mí me gustó —aseguré esperando no haberme ruborizado con aquel pensamiento—. Gracias por verla conmigo.

—Claro —dijiste, y luego—: Quiero decir, de nada.

—¿De nada?

—Ya sabes lo que quiero decir —añadiste—. Lo siento.

—¿Quieres decir que lo sientes?

—*No* —exclamaste—, quiero decir que ¿qué hacemos ahora?

—Vaya —dije, y me miraste como si no te supieras el diálogo. ¿Qué podía hacer contigo? Había esperado que se te ocurriera algo a ti, ya que la película era cosa mía—. ¿Tienes hambre?

Sonreíste levemente.

—Juego basquetbol —contestaste—, así que la respuesta siempre es sí.

—De acuerdo —dije pensando que podía tomarme un té. ¿Y verte comer? ¿Era eso lo que me deparaba la tarde, todo el 5 de octubre? Con Greta aún deslumbrante en mi cerebro, quería que hiciéramos algo, no sé...

Y entonces lancé un grito ahogado, de verdad. Tuve que mostrártelo porque no era algo que pudieras ver sin más: la ruta que nos conduciría a algún lugar, el inicio del relato que podría convertir el 5 de octubre en una película tan hermosa como la que acabábamos de ver. Era algo más que la anciana pasando junto a nosotros, más que cualquier cosa que pudieras contemplar a la luz de la lluviosa tarde. Era el sueño de un telón que se abría, y te agarré de la mano para llevarte al otro lado, hacia algún sitio donde fuéramos más que una estudiante de segundo y otro de tercero besuqueándose en un cine, algún lugar mejor que té para la chica y una merienda para el deportista, mejor que una tarde cualquiera para todo el mundo, algo mágico en una gran pantalla, algo diferente, algo...

... *extraordinario*.

Lancé un grito ahogado y te indiqué la dirección. Te ofrecí una aventura, Ed, justo frente a ti, pero no fuiste capaz de verla hasta que yo te la mostré, y por eso rompimos.

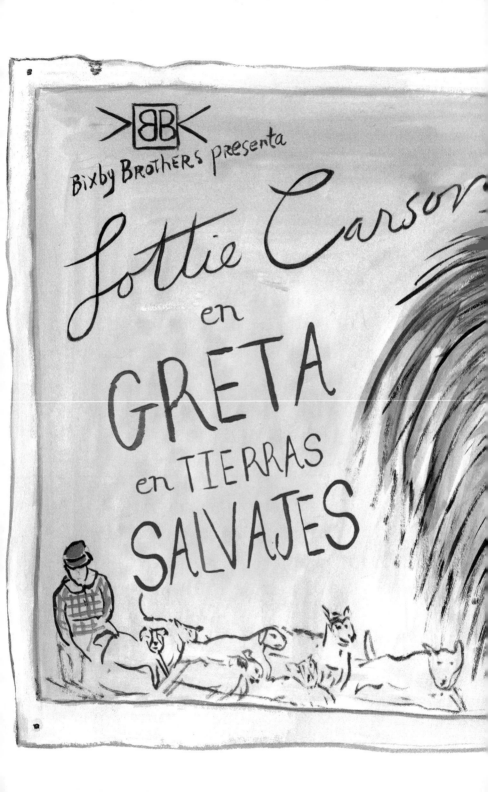

Me parte el corazón devolverte esto, pero así quedamos a mano porque tú ya tienes el corazón roto, o eso creo. De todos modos, me resulta imposible volver a mirar a Lottie Carson, por razones obvias, así que si no te lo devolviera, quedaría olvidado por ahí, en algún montón de basura, en vez de que te contemple cuando abras la caja y te haga llorar con su sonrisa, su hermosa sonrisa, la famosa sonrisa de Lottie Carson.

—¿Cómo? —exclamaste contemplando a la anciana que bajaba por la avenida.

—Lottie Carson —dije.

—¿Quién?

—La del cine.

—Sí, la vi en la última fila. Con el sombrero.

—No, esa es *Lottie Carson* —repetí—. Al menos, eso creo. La que aparecía *en* la película. *Greta.*

—¿De verdad?

—Sí.

—¿Estás segura?

—No —admití—, por supuesto que no. Pero podría ser.

Salimos y tú entrecerraste los ojos y frunciste el ceño.

—No se parece en nada a como sale en la película.

—Eso fue hace años y años —dije—. Tienes que usar la imaginación. Si fuera ella, significa que se coló en el Carnelian para verse a sí misma en tierras salvajes, y nosotros somos los únicos que lo sabemos.

—Si fuera ella —repetiste—. Pero ¿cómo puedes estar segura?

—No hay manera de estar *seguros* —dije—. Al menos, ahora. Pero, ¿sabes qué? Tuve una corazonada durante el gran beso del final.

Sonreíste y supe en qué beso estabas pensando.

—Tuviste una corazonada.

—No me refiero a *ese* beso —respondí sintiendo de nuevo tus manos que apartaban cariñosamente mi pelo de nuestros rostros—. El beso de la película.

—Espera un minuto —exclamaste, y entraste de nuevo en el cine.

La puerta osciló hasta cerrarse y te contemplé a través del cristal manchado como en una película desenfocada, en una copia sin remasterizar. Te acercaste apresuradamente a la pared, te inclinaste y luego, rápido, rápido, rápido, franqueaste de nuevo la puerta, me agarraste de la mano y cruzamos alocadamente la Décima hasta la tintorería. Miré la hora en el reloj de la pared, sobre los percheros que revisan cuando están buscando tu prenda. Me di cuenta de que la película había sido corta y de que disponía de mucho tiempo antes de la hora a la que le había dicho a mi madre que estaría en casa y a la que le había prometido a Al que le llamaría con todos los detalles. La ropa se movió como si estuviera en un simulacro de incendio, desfilando en una ordenada exhibición de moda y envuelta en plástico, luego se detuvo y un horrible vestido se reunió con un cliente en un abrazo arrugado. Pero empujaste mi mejilla, tu mano tan cálida sobre mi piel, y vi lo que querías que viera. Afiches los llaman, lo sé por el libro *Cuando las luces se apagan, breve historia ilustrada del cine*. Habías robado el afiche del Carnelian. Este es original, antiguo, se nota en los tonos, y reposaba rugoso y feliz en tu mano. Lottie Carson, con la ventisca al fondo, preciosa en su abrigo de piel, la Belleza Cinematográfica de Estados Unidos.

—Esta chica —dijiste—, esta actriz y la señora que bajaba por la calle, ¿aseguras que son la misma persona?

—Mírala —exclamé, y tomé la otra esquina del afiche.

Tocarlo me cortó la respiración. Yo sujetaba una esquina, tú otra, una tercera mostraba el logotipo de Bixby Brothers Pictures y la última había desaparecido, ¿ves? Rasgada y abandonada en una tachuela del vestíbulo cuando lo robaste para que pudiéramos contemplar juntos a Lottie Carson.

—Si es ella, probablemente vive por aquí —caí en la cuenta. Ya se encontraba algo lejos, con su abrigo y su sombrero, como a media calle—. Cerca, quiero decir. En algún lugar. Eso sería...

—Si fuera ella —volviste a decir.

—Los ojos son los mismos —aseguré—. La barbilla. Mira el hoyuelo.

Miraste hacia el final de la cuadra, luego a mí y luego la fotografía.

—Bueno —dijiste—, *esta* sin duda es ella. Pero la señora que baja por la calle podría no serlo.

Dejé de mirarla y volví la vista, Dios mío, qué belleza, hacia ti. Te besé. Todavía puedo sentir mi boca sobre la tuya, noto la sensación de lo que sentí entonces, aunque ya no lo sienta más.

—Aunque no fuera —murmuré contra tu cuello cuando se acabó; la clienta de la tintorería carraspeó para llamar nuestra atención cuando salía con su horrible vestido desmayado sobre el brazo, y yo me aparté de ti—, deberíamos seguirla.

—¿Cómo? ¿Seguirla?

—Vamos —te animé—. Podemos comprobar si es ella. Y, bueno...

—Es mejor que verme comer —añadiste leyendo mis pensamientos.

—Si quieres, podemos comer algo —dije—. O si es necesario, no sé, ¿volvemos a casa o algo así?

—No —aseguraste.

—¿No quieres o no tienes que regresar a casa?

—No, quiero decir, sí, bueno, que lo que tú quieras.

Te dispusiste a cruzar de nuevo hacia su lado de la calle, pero te agarré del brazo.

—No, quédate aquí —dije—. Deberíamos seguirla a una distancia prudente.

Eso lo había sacado de *Medianoche marroquí.*

—¿Qué?

—Será fácil —aseguré—. Camina despacio.

—Es mayor —admitiste.

—Tiene que serlo —continué—. Tendrá unos... no sé, era joven en *Greta en tierras salvajes* y eso fue en... veamos —le di la vuelta al afiche y busqué algún dato biográfico.

—Si fuera ella —dijiste.

—Si fuera ella —repetí, y tomaste mi mano. *Y aunque no fuera,* quise murmurar de nuevo contra tu cuello, aspirando el aroma de tu espuma de afeitar y tu sudor. Vamos, es lo que pensé, mientras la película dejaba su estela de vapor en mi mente. Veamos adónde nos conduce esto, esta aventura acompañada del zumbido de la música y la ventisca de nieve teatral, con Lottie Carson abandonando indignada el iglú y Will Ringer refunfuñando antes de ir a buscarla. Greta elegirá al hombre adecuado, sin importarle lo humilde que sea su iglú, y sus lágrimas de felicidad se congelarán como diamantes en su hoyuelo bajo esa luz que solo Mailer era capaz de conseguir. Vamos, vamos, deprisa hacia el final feliz con Lottie Carson escondiendo el anillo de compromiso en un bolsillo del abrigo justo cuando la palabra «FIN» revolotea en la pantalla, enorme y triunfante, y se produce el gran, gran beso. Esa fue la señal para mí, cariño. Tuve una corazonada de adónde nos conduciría aquel día, *5 de octubre,* una corazonada avivada por el reverso de este afiche, la edición promocional de Lottie Carson, una cronología de su vida y su trabajo. Su cumpleaños estaba cerca —tenía casi ochenta y nueve años—. Eso fue lo que pensé mientras descendía abstraída por la calle. Fue el 5 de diciembre lo que visualicé al caminar juntos el 5 de octubre, vamos, vamos juntos hacia algo extraordinario, y comencé a hacer planes, pensando que llegaríamos tan lejos.

Mayakovsky's Dream

ESTOY RODEADA POR LAS LLAMAS
DE LA INEXTINGUIBLE
HOGUERA
DE UN INCONCEBIBLE AMOR

Si abres esta caja, verás que se encuentra vacía y, por un instante, te preguntarás si estaba así cuando me la diste —puedo verlo—, otro de tus gestos vanos deslizándose en mi mano como un mal soborno. Pero la verdad, y te estoy contando la verdad, es que estaba llena: había veinticuatro cerillos alineados cuidadosamente en su interior. Ahora está vacía porque me los gasté.

Yo no fumo, aunque en las películas se ve genial. Pero enciendo cerillos en esas meditabundas noches de insomnio en las que gateo hasta el techo del garaje y de la casa mientras mis padres duermen inocentemente y solo algunos coches solitarios circulan por las calles lejanas, cuando la almohada no me resulta cómoda y las sábanas me molestan sobre el cuerpo sin importar si me muevo o permanezco quieta. Simplemente me siento con las piernas colgando, enciendo cerillos y observo cómo parpadean hasta apagarse.

Esta caja duró tres noches, no seguidas, antes de que todos desaparecieran y se mostrara el vacío que ahora ves. La primera fue el del día en el que me la diste, después de que mi madre se fuera por fin a la cama dando un portazo y yo colgara el teléfono tras hablar con Al. Estaba demasiado feliz y emocionada para dormir, y las imágenes de todo el día seguían apareciendo en la pequeña sala de proyección de mi cerebro. Hay una fotografía en *Cuando las luces se apagan, breve historia ilustrada del cine* en la que aparece Alec Matto fumando en una silla, dentro de una habitación y con un haz de luz que se proyecta sobre su cabeza hacia una pantalla que no vemos. «Alec Matto revisando las pruebas de rodaje de *¿Adónde se ha ido Julia?* (1947) en su sala de proyección privada». Joan me tuvo que explicar lo que son las pruebas de rodaje: cuando el director dedica algo de tiempo por la noche, mientras fuma, a ver las secuencias rodadas ese día, tal vez una única escena. Eso son las pruebas de rodaje, y yo necesité siete u ocho cerillos sobre el tejado del garaje para repasar aquella noche nuestras emocionantes pruebas de rodaje: la nerviosa espera con los boletos en la mano, Lottie Carson dirigiéndose hacia el norte en todos aquellos trenes, besarte, besarte, la extraña conversación en A-Post Novelties que me dejó angustiada después de contársela a Al, a pesar de que él no tuviera ninguna opinión al respecto. Los cerillos eran un poco como el juego de *me quiere, no me quiere,* pero entonces vi en la caja que tenía veinticuatro, con lo que acabaría en *no me quiere,* así que dejé que un pequeño manojo centelleara y humeara por un instante, cada uno un estremecimiento, una diminuta y deliciosa sacudida por cada recuerdo, hasta que me quemé el dedo y regresé, pensando todavía en todo lo que habíamos hecho juntos.

—Bien, ¿y ahora qué?

Tras recorrer dos cuadras, Lottie Carson dio la vuelta en una esquina y entró en el Mayakovsky's Dream, un restaurante ruso con capas y capas de cortinas en los ventanales. No podíamos ver nada, al menos desde el otro lado de la calle.

—Nunca me había fijado en este lugar —comenté—. Debe de estar almorzando.

—Es tarde para el almuerzo.

—Tal vez ella también juega basquetbol y come todo el tiempo.

Diste un resoplido.

—Debe jugar con los Western. Son todos unas pequeñas ancianitas.

—Bueno, vamos a seguirla.

—¿Ahí dentro?

—¿Qué pasa? Es un restaurante.

—Parece elegante.

—No pediremos mucho.

—Min, ni siquiera sabemos si es ella.

—Podemos escuchar si el mesero la llama Lottie.

—Min...

—O señora Carson o algo. ¿No te parece el lugar al que iría una estrella de cine, su restaurante habitual?

Sonreíste.

—No lo sé.

—Por supuesto que sí.

—Supongo.

—Sí.

—Bueno —dijiste, y avanzaste hacia la calle jalándome—. Lo parece, lo parece.

—Espera, deberíamos esperar.

—¿A qué?

—Resultará sospechoso que entremos como si nada. Deberíamos esperar, digamos, tres minutos.

—Claro, eso evitará sospechas.

—¿Tienes reloj? No importa, contaremos hasta doscientos.

—¿Cómo?

—Los segundos. Uno. Dos.

—Min, doscientos segundos no son tres minutos.

—Oh, claro.

—Doscientos segundos no podrían ser tres *nada*. Son ciento ochenta.

—¿Sabes qué? Acabo de recordar que eres bueno en matemáticas.

—Bueno, ya.

—¿Qué pasa?

—No me molestes con lo de las matemáticas.

—No te estoy molestando. Solo estoy *recordando*. Ganaste un premio el año pasado, ¿no?

—Min.

—¿Qué se siente?

—Solo fui finalista, no gané. Veinticinco personas lo consiguieron.

—Bueno, pero la cuestión es...

—La cuestión es que me resulta incómodo, y Trevor y todo el mundo se burlan de mí con eso.

—Yo no. ¿Quién haría algo así? Son *matemáticas,* Ed. No es como si... no sé, fueras un tejedor realmente bueno. No es que tejer...

—Es tan *gay* como lo otro.

—¿Cómo? No... las matemáticas no son de *gays*.

—Lo son, algo así.

—¿*Einstein* era *gay*?

—Tenía pelo de marica.

Miré tu pelo, y luego a ti. Tú sonreíste con los ojos fijos en un chicle que había en la acera.

—Realmente vivimos en mundos diferentes, eh... —dije.

—Sí —afirmaste—. Tú vives donde tres minutos son doscientos segundos.

—Oh, claro. Tres. Cuatro.

—Olvídalo, ya pasaron.

Me arrastraste para cruzar la calle de forma alocada y temeraria, sujetándome ambas manos como en un baile popular. Doscientos segundos, pensé, ciento ochenta, ¿qué más da?

—Espero que sea ella.

—¿Sabes qué? —dijiste—. Yo también. Pero aunque no fuera...

Sin embargo, tan pronto como entramos, supimos que debíamos marcharnos. No fue solo por el terciopelo rojo que cubría las paredes. Ni por las pantallas de las lámparas, telas de color rojo transformado en rosa cuando la luz de los focos las traspasaba, ni por las pequeñas cuentas de cristal que colgaban de las persianas y revoloteaban como prismas con la brisa que entraba por la puerta abierta. No fue únicamente por los esmóquines de los hombres que deambulaban por ahí, ni por las servilletas rojas dobladas como si fueran banderas, con un pequeño pliegue en la esquina a modo de mástil, apiladas en la mesa del rincón para cuando hubiera que cambiarlas, banderas sobre banderas sobre banderas sobre banderas igual que si hubiera acabado una guerra y la rendición se hubiera completado. No fue solo por los platos con la inscripción roja de Mayakovsky's Dream y un centauro levantando un tridente sobre su

barbuda cabeza, con la pezuña alzada para vencernos a todos y
patearnos hasta convertirnos en insignificante polvo. Y no fue
solo por nosotros. No se trataba únicamente de que fuéramos
estudiantes de prepa, yo de segundo y tú de tercero, ni de que
nuestra ropa fuera totalmente inadecuada para restaurantes
como ese, con colores demasiado vivos y demasiado arrugada,
con demasiados cierres y demasiado manchada y demasiado descuidada, rara y estirada, moderna y desesperante e informal e
indecisa y fanfarrona y sudorosa y deportiva y fuera de lugar.
No fue solo porque Lottie Carson no apartara la vista de lo
que estaba mirando, ni porque estuviera mirando al mesero, ni
porque el mesero estuviera sujetando una botella, envuelta en
una servilleta roja doblada, inclinada por encima de su cabeza,
ni tampoco porque la botella, helada y con brillo de gotitas en
el cuello, estuviera llena de champán. No fue solo por eso. Fue
por el menú, claro, claro, desplegado en un pequeño atril junto
a la puerta, y por lo jodidamente caro que era todo y por el
poco jodido dinero que teníamos en nuestros jodidos bolsillos. Así que nos fuimos, entramos y sin más salimos, pero no
sin que antes tomaras una caja de cerillos de la enorme copa de
coñac colocada al lado de la puerta y la apretaras contra mi
mano, otro regalo, otro secreto, otra ocasión para inclinarte y
besarme.

—No sé por qué estoy haciendo esto —dijiste, y te devolví
el beso con la mano llena de cerillos apoyada en tu nuca.

La noche después de perder mi virginidad, después de que
me dejaras en casa y tras varias horas sobre la cama, sin hacer
nada, cansada e inquieta, hasta que me incorporé y salí a contemplar el atardecer en el horizonte... esa noche desaparecieron

otros siete u ocho cerillos. Y la tercera noche fue después de que cortamos, lo que hubiera merecido un millón de cerillos, pero solo recibió los que me quedaban. Esa noche tuve la sensación de que, encendiéndolos en el tejado, de algún modo, los cerillos lo quemarían todo, de que las chispas de las llamas incendiarían el mundo y a todas las personas con el corazón roto. Deseaba que todo se transformara en humo, que tú te volvieras humo, aunque esa película fuera imposible de hacer, demasiados efectos, demasiado pretenciosa para lo diminuta y mal que me sentía. Hay que quitar ese fuego de la película, no importa cuántas veces lo vea en las pruebas de rodaje. Pero lo quiero de todos modos, Ed, quiero conseguir lo imposible, y por eso rompimos.

Nos escondimos en un A-Post Novelties que estaba frente al Mayakovsky's Dream, justo al otro lado de la calle, como una pelota de ping-pong que hubiera rebotado, y miramos a hurtadillas a través de las estanterías llenas de qué sé yo, esperando y esperando a que Lottie Carson finalizara su glamurosa escala y saliera para que pudiéramos seguirla hasta su casa. Supongo que no podíamos estar merodeando, o quién sabe por qué acabamos en un A-Post Novelties con las dos arpías malhumoradas que estaban a cargo y todas aquellas tonterías, caras y brillantes, que las personas le compran a otros para sus cumpleaños cuando no los conocen lo suficientemente bien para saber, encontrar y comprar lo que en realidad les gusta. Al menos, esta cámara es lo único que me compraste en un A-Post Novelties, Ed, eso tengo que admitirlo. Paseé entre animales de cuerda y tarjetas de felicitación mientras tú te agachabas bajo los móviles que colgaban del techo hasta que, por fin, dijiste lo que te rondaba la cabeza.

—No conozco a ninguna chica como tú —aseguraste.

—¿Cómo?

—Que no conozco a ninguna...

—¿Qué quiere decir como yo?

Suspiraste y luego sonreíste y te encogiste de hombros y volviste a sonreír. El móvil tenía estrellas plateadas y cometas que brillaban en círculos en torno a tu cabeza, como si te hubiera golpeado hasta dejarte sin sentido en un cómic.

—¿Bohemia? —propusiste.

Me planté delante de ti.

—Yo no soy bohemia —exclamé—. Jean Sabinger es bohemia. Colleen Pale es bohemia.

—Esas son raras —dijiste—. Espera, ¿son amigas tuyas?

—¿Qué, entonces no serían raras?

—Entonces lamento lo que dije —te disculpaste—. Tal vez lista es a lo que me refiero. La otra noche, por ejemplo, ni siquiera sabías que habíamos perdido el partido. Pensé que todo el mundo lo sabría.

—Yo ni siquiera sabía que había un partido.

—Y la película esa —sacudiste la cabeza y lanzaste un extraño suspiro—. Si Trev se enterara de que he visto algo así, pensaría... no sé lo que pensaría. Esas películas son para maricas, sin ánimo de ofender a tu amigo Al.

—Al no es *gay* —protesté.

—Ese chico hizo un pastel.

—*Yo* lo hice.

—¿Tú? Pues, sin ofender, estaba asqueroso.

—Se suponía —exclamé— que debía estar *amargo,* horrible como una fiesta de cumpleaños de los amargos dieciséis, en vez de dulce.

—Nadie lo probó, sin ofender.

—Deja de decir sin ofender cuando haces comentarios ofensivos —me quejé—. Eso no te da permiso.

Me miraste ladeando la cabeza, Ed, como un cachorrito atarantado que se pregunta por qué está el periódico en el suelo. En ese momento, me pareció un gesto lindo.

—¿Estás enojada conmigo? —preguntaste.

—No, no lo estoy —respondí.

—Ves, esa es otra cosa. No sé cómo explicarlo. Eres una chica diferente, sin ofender Min, ups, lo siento.

—¿Qué hacen las otras chicas cuando se enojan? —te pregunté.

Suspiraste y te manoseaste el pelo como si fuera una gorra de beisbol a la que quisieras darle la vuelta.

—Bueno, ellas no me besan como nosotros hace rato. Me refiero a que no toman la iniciativa, pero luego, cuando se enojan, dejan de besarme y no me hablan y cruzan los brazos, como enfurruñadas, y se quedan con sus amigas.

—¿Y tú qué haces?

—Les compro flores.

—Eso es caro.

—Sí, bueno, ese es otro asunto. Ellas no hubieran comprado los boletos para la película como tú lo hiciste. Yo pago todo, o tenemos otra discusión y les vuelvo a comprar flores.

Me gustaba que no fingiéramos que no había habido otras chicas, lo admito. Siempre había una chica contigo en los pasillos de la prepa, como si las regalaran con las mochilas.

—¿Dónde las compras?

—En Willows, pasando la prepa, o en Garden of Earthly Delights si las de Willows no están frescas.

—Me estás hablando de flores frescas y piensas que Al es *gay*.

Un rojo intenso te cubrió ambas mejillas, como si te hubiera cacheteado.

—Esto es a lo que me refiero —dijiste—. Eres inteligente, hablas de forma inteligente.

—¿No te gusta cómo hablo?

—Nunca había oído a nadie hablar de ese modo —aseguraste—. Es como un nuevo... como una comida picante o algo así. Como si alguien te propusiera probar la comida del restaurante tal.

—Entiendo.

—Y luego te gusta —añadiste—. Normalmente. Cuando lo pruebas, no quieres... a las otras chicas.

—¿Cómo hablan ellas?

—No dicen mucho —confesaste—. Supongo que lo habitual es que hable yo.

—De basquetbol, de coladas.

—No solo eso, pero sí, o del entrenamiento, del entrenador, de si vamos a ganar la próxima semana...

Te miré. Aquel día, Ed, estabas jodidamente guapo —ahora mismo me estás haciendo llorar en la camioneta—, igual que todos los demás. Los fines de semana y los días laborables, cuando sabías que te estaba mirando y cuando ni siquiera imaginabas que estaba viva. Incluso con estrellas brillantes molestándote en la cabeza estabas guapo.

—El basquetbol es un aburrimiento —dije yo.

—Guau —exclamaste.

—¿Eso también me hace diferente?

—Esa diferencia no me gusta —respondiste—. Apuesto a que nunca has visto un partido.

—Unos tipos que se lanzan un balón y lo botan, ¿no es eso? —dije.

—Y las películas antiguas son aburridas y cursis —contraatacaste.

—¡*Greta en tierras salvajes* te gustó! ¡Estoy segura!

Y sé que fue así.

—Juego el viernes —anunciaste.

—¿Y quieres que me siente en las gradas, que vea cómo ganas y las porristas gritan tu nombre, que te espere sola a que salgas del vestidor y que te acompañe a una fiesta con una fogata llena de desconocidos?

—Cuidaré de ti —prometiste en voz baja. Alzaste la mano y rozaste mi pelo, mi oreja.

—Porque yo sería —insinué—, ya sabes, tu acompañante.

—Si estuvieras conmigo después del partido, serías más bien una novia.

—Novia —repetí. Era como probarse unos zapatos.

—Es lo que la gente pensará, y comentará.

—Pensarán que Ed Slaterton sale con esa chica bohemia.

—Soy el segundo capitán —como si hubiera manera de que alguien no lo supiera en la prepa—. Tú serás lo que yo les diga.

—Que sería... ¿bohemia?

—Inteligente.

—¿Solo inteligente?

Sacudiste la cabeza.

—Lo que estoy tratando de explicarte —dijiste— es que eres diferente, y tú no dejas de preguntarme por las demás chicas, pero a lo que me refiero es a que no pienso en ellas, por tu manera de ser.

Me acerqué más.

—Repite eso.

Sonreíste.

—Pero lo dije fatal.

Lo que toda chica quiere decirle a todo chico.

—Repítelo —insistí—, para que entienda lo que quieres decir.

—Compren algo —gruñó la primera arpía— o lárguense de mi tienda.

—Estamos *mirando* —respondiste fingiendo examinar una lonchera.

—Les doy cinco minutos, tortolitos.

Me acordé de mirar hacia la puerta del Mayakovsky's Dream.

—¿La perdimos?

—No —dijiste—, mantuve un ojo alerta.

—Apuesto a que esto es otra cosa que nunca haces.

Te reíste.

—Te equivocas, persigo a actrices de películas antiguas casi todos los fines de semana.

—Solo quiero saber dónde vive —aseguré.

Noté cómo la fecha del cumpleaños de Lottie Carson, en la parte trasera del afiche, echaba chispas en mi bolso; tenía un plan secreto.

—Está bien —dijiste—. Es divertido. Pero ¿qué haremos cuando lleguemos?

—Ya veremos —respondí—. Tal vez sea como en *Informe desde Estambul,* cuando Jules Gelsen encuentra esa habitación subterránea llena de...

—¿Qué te pasa con las películas antiguas?

—¿Qué quieres decir?

—¿Qué quieres decir con qué quiero decir? Mencionas películas antiguas para todo. Apuesto a que estás pensando en una ahora.

Así era: el último plano largo de *La vida de Rosa como delincuente,* otra de Gelsen.

—Bueno, quiero ser directora de cine.

—¿De verdad? Oh. ¿Como Brad Heckerton?

—No, como uno *bueno* —respondí—. ¿Por qué, qué pensabas?

—En realidad, nada —dijiste.

—Y tú, ¿qué vas a ser?

Parpadeaste.

—Campeón de la final estatal, espero.

—¿Y luego?

—Luego un fiestón y estudiar en la universidad que me acepte y después ya veré cuando llegue.

—¡Dos minutos!

—Bueno, bueno —revolviste un contenedor lleno de serpientes de goma, aparentando estar ocupado—. Debería comprarte algo.

Fruncí el ceño.

—Todo es horrible.

—Buscaremos algo, para matar el tiempo. ¿Qué necesita un director de cine?

Me ibas preguntando por los pasillos. ¿Máscaras para los actores? No. ¿Rehiletes para los exteriores? No. ¿Juegos de mesa subidos de tono para la fiesta posterior a la ceremonia de entrega de premios? *Cállate.*

—Una cámara —exclamaste—. Nos la llevamos.

—Pero es una cámara estenopeica.

—No tengo ni idea de qué es eso.

—Es de cartón.

No te confesé que yo tampoco lo sabía y que simplemente lo había leído en el lateral de la caja. Tampoco te había dicho, hasta ahora, que, por supuesto, estaba enterada de lo del partido y de su derrota la noche en la que te conocí en el jardín de Al. Pero parecía gustarte, eso creo, eso esperaba entonces, que yo fuera diferente.

—De cartón, y qué más da, apuesto a que ni siquiera tienes cámara.

—Los directores no se encargan de las cámaras. Eso lo hace el director de fotografía.

—Ah, claro, el director de fotografía, casi se me olvida.

—No tienes ni idea de a qué se dedica.

Con tres dedos me hiciste cosquillas justo en el estómago, donde viven las mariposas.

—No empieces. Pase de callejón, faltas técnicas, tengo un diccionario de basquetbol en la cabeza y tú no tienes ni idea de ello. Te voy a comprar esta cámara.

—Apuesto a que ni siquiera se pueden tomar fotografías de verdad con ella.

—Dice que viene con rollo.

—Es de cartón. Las fotos no saldrán bien.

—Serán... ¿cuál es esa palabra en francés? ¿La que se usa para las películas raras?

—¿Cómo?

—Hay un término oficial.

—Películas clásicas.

—No, no, no me refiero a pelis *gays* como tu amigo. Sino a las raras, raras de verdad.

—Al no es *gay*.

—De acuerdo, pero ¿cómo se dice? Es en francés.

—El año pasado tuvo novia.

—Está bien, está bien.

—Vive en Los Ángeles. La conoció en una cosa que hizo en verano.

—De acuerdo, te creo. Una chica de Los Ángeles.

—Y no sé a qué cosa en francés te refieres.

—Se utiliza para pelis super raras, como, «oh, no, esa mujer se está cayendo desde lo alto de una escalera dentro del ojo de una persona».

—De todos modos, ¿cómo sabes que existe esa palabra?

—Por mi hermana —dijiste—. Estuvo a punto de estudiar cine. Va a State. De hecho, deberías hablar con ella. Me recuerdas a ella un poquito...

—¿Esto es como salir con tu hermana?

—Guau, este es otro momento en el que no podría decir si estás enojada.

—Será mejor que me compres flores, por si acaso.

—Bueno, no estás enojada.

—¡Fuera! —gritó la segunda arpía como un autoritario insulto.

—Cóbrate esto —dijiste lanzándole la cámara para que la agarrara. Y aquí te la devuelvo, Ed. En aquel gesto pude reconocer la ligera arrogancia de tu papel de segundo capitán, cómo realmente podía ser «lo que tú dijeras», como habías asegurado. Novia, tal vez—. Cóbrate y déjanos en paz.

—No tengo por qué soportar esto —gruñó ella—. Nueve cincuenta.

Le pasaste un billete de tu bolsillo.

—No seas así. Sabes que eres mi preferida.

Esa fue también la primera vez que contemplé aquella faceta tuya. La arpía se deshizo en un charco ondulante y sonrió por primera vez desde la era paleozoica. Le cerraste el ojo y agarraste el cambio. Debí haberlo considerado, Ed, como una señal de que eras poco fiable, pero lo tomé como una demostración de tu encanto, razón por la que no rompí contigo en aquel instante y aquel lugar, como debí haberlo hecho, y ojalá, ojalá, ojalá hubiera hecho. En vez de eso, trasnoché contigo en un autobús y en las extrañas calles del barrio perdido y lejano donde Lottie Carson se ocultaba en una casa con un jardín repleto de esculturas que proyectaban sombras en la oscuridad. En vez de eso, te besé en la mejilla en señal de agradecimiento y salimos abriendo la caja y leyendo juntos las instrucciones para saber cómo funcionaba. Es sencillo, era sencillo, demasiado sencillo. *Avant-garde* era el término en el que estabas pensando, lo aprendí en *Cuando las luces se apagan, breve historia ilustrada del cine*, pero no lo sabíamos cuando teníamos esta cámara. Había un millón de cosas, todas, que yo no sabía. Era estúpida, el término oficial para feliz, y acepté esta cosa que te estoy devolviendo, este objeto que me regalaste cuando la actriz a la que estábamos esperando apareció por fin.

—¡Se está abriendo!

—¿Por dónde?

—¡No, la puerta!

—¿Cómo?

—¡Al otro lado de la calle! ¡Es ella! ¡Se va!

—Está bien, déjame abrirla.

—¡Date prisa!

—Tranquila, Min.

—Pero es nuestra oportunidad.

—Está bien, déjame que lea las instrucciones.

—No hay tiempo. Se está poniendo los guantes. Actúa con normalidad. Tómale una foto. Es la única manera de saber si es ella.

—Está bien, está bien. «Enrollar la película firmemente con la manivela A».

—Ed, se va.

—Espera —risas—. Dile que espere.

—¿Espere porque creemos que es usted una estrella de cine y queremos tomarle una fotografía para asegurarnos? Yo lo hago, dámela.

—Min.

—De todas maneras es mía, tú me la compraste.

—Sí, pero...

—¿Crees que las chicas no saben cómo utilizar una cámara?

—Creo que la estás sosteniendo al revés.

Diez pasos más allá, más risas.

—Bueno, *ahora*. Está doblando la esquina.

—«Mantener el objeto que desea fotografiar en el encuadre...».

—Ábrela.

—¿Cómo?

—Dámela.

—Ah, así. *Ahora. Aquí.* ¿Y ahora qué? Espera. De acuerdo, sí.

—¿Sí?

—Creo. Algo hizo clic.

—Escúchate, «algo hizo clic». ¿Hablarás así cuando estés dirigiendo una película?

—Mandaré a otra persona que lo haga por mí. Por ejemplo, a algún jugador de basquetbol acabado.

—Ya basta.

—Está bien, está bien, ahora ¿lo enrollas de nuevo? ¿Así?

—Eh...

—Vamos, eres bueno con las *mateeees*.

—Basta, además esto no tiene nada que ver con las matemáticas.

—Voy a sacar otra. Allá, en la parada de autobús.

—No grites tanto.

—Y otra. Bueno, te toca.

—¿Me toca?

—Te toca, Ed. Tómala. Saca varias.

—Bueno, bueno. ¿Cuántas hay?

—Vamos a tomar tantas como podamos. Luego las llevaremos a revelar y las veremos.

Pero nunca lo hicimos, ¿verdad? Aquí está sin revelar, un rollo fotográfico con todos sus misterios encerrados dentro. Nunca lo llevé a ninguna tienda, simplemente lo dejé esperando en un cajón soñando con estrellas. Aquella fue nuestra oportunidad de comprobar si Lottie Carson era quien pensábamos que era, todas aquellas fotografías que sacamos, doblándonos de risa, besándonos con la boca abierta, riendo, pero nunca lo revelamos. Pensábamos que teníamos tiempo, corriendo detrás de ella, subiendo de un salto al autobús y tratando de distinguir su hoyuelo entre las cansadas enfermeras que discutían vestidas de uniforme y las mamás colgadas de sus teléfonos y con las verduras sobre el regazo de sus hijos, dentro de las carriolas. Nos escondimos detrás de buzones y faroles, a media cuadra de distancia, mientras ella seguía avanzando por su barrio, donde yo nunca había estado, y el cielo se oscurecía ya en nuestra primera cita, pensando todo el rato que las revelaríamos más tarde. Registramos su buzón con la esperanza de encontrar un sobre con el nombre de *Lottie Carson* y tú te colaste corriendo en su desgastado y adornado porche, perfecto para ella, mientras yo esperaba con las manos sobre la valla, contemplando cómo ibas y venías a saltos. En cinco segundos te encaramaste por encima de las púas de hierro forjado que enfriaban mis manos al anochecer, y rápido, rápido, rápido atravesaste el jardín con gnomos y flores y setas venenosas y Vírgenes María, burlándolos a todos como al equipo contrario. Te abriste camino con rapidez entre aquellas silenciosas estatuas de piedra, y si pudiera, las lanzaría todas a tu jodida puerta, tan ruidosamente como tú fuiste silencioso, con tanta furia como diversión hubo entre nosotros, tan fría y desdeñosa como emocionada y excitada me sentía al observar cómo te colabas en busca de pruebas y regresabas encogiéndote de hombros y con las manos vacías. Así que todavía no lo sabíamos, todavía no podíamos estar seguros, no hasta que las fotografías estuvieran reveladas. Aquellos intensos besos en el largo recorrido en autobús hacia casa, por la noche, nadie excepto nosotros recostados en la última fila de asientos y el conductor con los ojos fijos en la carretera, sabiendo que no era asunto suyo. Y más besos en la parada, cuando terminó aquella cita, y tu grito al alejarte en zigzag después de que no te dejara acompañarme hasta la puerta, para no soportar a mi madre mirándote de reojo a lo largo de toda la banqueta mientras me preguntaba dónde diablos había estado.

—¡Te veo el lunes! —gritaste como si acabaras de descubrir los días de la semana.

Pensábamos que teníamos tiempo. Me despedí con la mano, pero fui incapaz de responder, ya que por fin estaba permitiéndome sonreír tan ampliamente como había deseado durante toda la tarde, toda la noche, cada segundo de cada minuto contigo, Ed. Mierda, supongo que ya te quería desde entonces. Condenada como una copa de vino que sabe que algún día se romperá, como unos zapatos que se rasparán rápidamente, como esa playera nueva que no tardarás en manchar. Es probable que Al lo notara en mi voz cuando le llamé, despertándolo, porque era demasiado tarde, y luego le dije que no importaba, «olvídalo, perdón por despertarte, vuelve a la cama, no, estoy bien, yo también estoy cansada, mañana seguimos», cuando dijo que no tenía ninguna opinión al respecto. Ya te quería. La primera cita, ¿qué podía hacer con mi estúpida persona y el estremecimiento de «te veo el lunes», pensando que había tiempo, mucho tiempo para ver las fotografías que habíamos tomado? Pero nunca las revelamos. Sin revelar, el rollo entero tirado dentro de una caja antes de que tuviéramos oportunidad de saber lo que habíamos conseguido, y por eso rompimos.

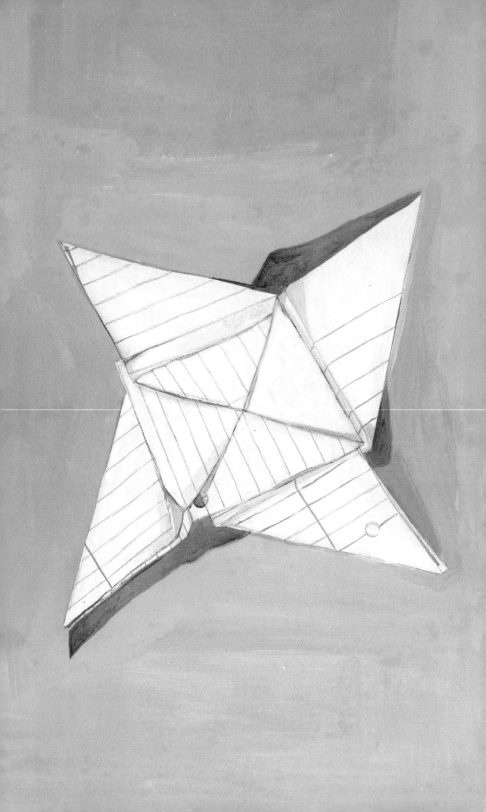

Aquí está. Me ha costado una eternidad volver a dejarlo como estaba, ya que tus increíbles calificaciones en matemáticas se habían sumado todas a la hora de doblar esta cosa. Cuando abrí mi casillero el lunes por la mañana, parecía como si una nave espacial de papiroflexia de las antiguas pelis de ciencia ficción de Ty Limm hubiera aterrizado encima de *Conocimientos sobre nuestro planeta,* dispuesta a lanzar su electro-diezmador contra la espina dorsal de Janet Bakerfield para destruirle el cerebro. Eso fue lo que la nota hizo también conmigo cuando la desdoblé y la leí. Sentí un hormigueo por todo el cuerpo y me volví estúpida.

Tal vez me esperaste aquella primera mañana en la escuela, nunca te lo pregunté. Tal vez la escribiste en el último minuto después del segundo timbre y la deslizaste a través de las rendijas antes de salir corriendo hacia clase como hacen siempre los deportistas, desestabilizando a los más lentos cuando saltan junto a sus mochilas como en una máquina de *pinball*. Tú no sabías que nunca voy a mi casillero hasta después de la primera clase. En realidad, nunca te aprendiste mi horario, Ed. Resulta misterioso que nunca supieras cómo encontrarme pero siempre me encontraras, porque nuestros caminos luchaban por separarse el uno del otro a lo largo de toda la ruidosa y aburrida jornada en la prepa: por las mañanas, yo pasaba el tiempo con Al, y normalmente con Jordan y Lauren, en los bancos del lado derecho, mientras tú lanzabas tiros de calentamiento en las canchas traseras, con tu mochila esperando junto a las demás y las patinetas y las camisetas sudadas en un aburrido montón; no teníamos ni una sola clase en común; tú comías temprano y encestabas los corazones de manzana en el basurero como si todo formara parte del mismo partido, y yo lo hacía tarde en el rincón del césped de los raros, rodeada de ñoños y *hippies* que discutían por encima de las ondas de radio con bandas sonoras encontradas, excepto en los días calurosos, en los que firmaban la tregua con *reggae*. En *Barcos en la noche,* Philip Murray y Wanda Saxton se encuentran en la última escena bajo un toldo que los protege de la lluvia y se van juntos bajo el aguacero —desde la primera escena, sabemos que a ambos les gusta caminar bajo la lluvia, pero que no tienen con quién hacerlo— y es el milagro del final. Sin embargo, para nosotros nunca ha habido encrucijadas, una bendición ahora que vivo con el temor de tropezarme contigo. Solo nos hemos visto a propósito, después de la prepa y antes de tu entrenamiento, tras cambiarte rápidamente y ahuyentar a tus compañeros de equipo que estaban calentando, hasta que tenías que irte, un beso más, tenías que irte, uno más, bueno, ahora sí, de verdad, de verdad que tengo que irme.

Y esta nota fue una bomba que me dejó alterada, haciendo tictac bajo mi vida cotidiana, guardada en mi bolsillo todo el día y releída con avidez, en mi bolso toda la semana hasta que temí que se arrugara o alguien la curioseara, en mi cajón entre dos libros aburridos para escapar del escrutinio de mi madre y luego en la caja y ahora de vuelta a tus manos. Una nota, ¿quién escribe una nota como esta? ¿Quién eras tú para dejármela? Retumbaba en mi interior sin parar, provocando una explosión tras otra, con la emoción de tus palabras como nerviosos proyectiles en mi corriente sanguínea. No puedo tenerla cerca más tiempo. Voy a arrojártela como una granada tan pronto como la desdoble y la lea y llore una vez más. Porque yo tampoco, y que te jodan. Incluso ahora.

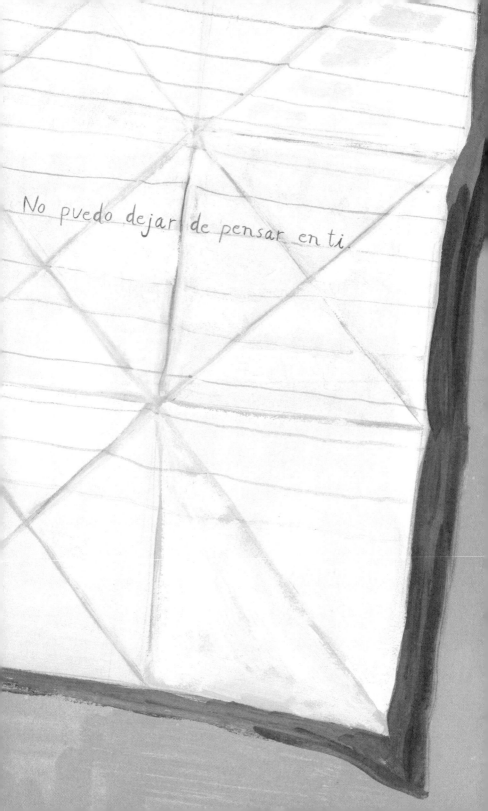

No puedo dejar de pensar en ti.

Cuando miro este cartel rasgado por la mitad, pienso en la aberración que supuso lo que hiciste y que no me importara en aquel momento. No puedo mirarlo mientras escribo porque me preocupa que Al lo vea y tengamos que hablar otra vez sobre ello, como si lo hubieras roto por la mitad de nuevo y de nuevo yo no hubiera dicho nada. Probablemente pienses que es de la noche que fuimos al baile, pero no. Probablemente pienses que se rasgó por accidente, sin razón alguna, igual que sucede con los carteles de todos los eventos, que terminan deshechos por la lluvia o despegados por los conserjes para hacerle espacio a los siguientes; como los del baile de gala que están ahora por todas partes con un minucioso dibujo de Jean Sabinger de uno de esos ornamentos de cristal en el que, si te fijas con atención, se refleja gente que baila, curvada como en una casa de los espejos, sustituyendo a las calaveras y los murciélagos y las calabazas de este. Pero lo hiciste tú, cabrón. Lo hiciste tú y me hiciste una escena.

Cuando llegué a la escuela, con el pelo ridículamente húmedo y la tarea de Biología Avanzada sin hacer en la mochila, Al estaba en los bancos de la derecha, con los carteles sobre el regazo en una enorme pila naranja. Jordan y Lauren estaban

ahí también, cada uno —tardé un segundo en darme cuenta—
con un rollo de cinta adhesiva en la mano.

—Oh, no —exclamé.

—Buenos días, Min —dijo Al.

—Oh, no. Oh, no. Al, se me olvidó.

—Te lo dije —le advirtió Jordan.

—Se me olvidó por completo y necesito encontrar a Nan-
cie Blumineck para *suplicarle* que me deje copiar la tarea de
Biología. ¡No puedo! No puedo hacerlo. Además, no tengo
cinta.

Al sacó un rollo de cinta adhesiva; sabía que se me olvidaría.

—Min, lo juraste.

—Lo sé.

—Me lo juraste hace tres semanas frente a un café que *yo
pagué* en Federico's, y Jordan y Lauren fueron testigos.

—Es cierto —aseguró Jordan—. Lo somos. Lo fuimos.

—Yo certifiqué notarialmente la declaración jurada —añadió Lauren con solemnidad.

—Pero *no puedo,* Al.

—Lo juraste —insistió Al— por el gesto de Theodora Sire
cuando lanza el cigarrillo al agua del excusado de como se llame.

—Tom Burbank. Al...

—Juraste ayudarme. Cuando me comunicaron que era obli-
gatoria mi participación en el comité de organización del Baile
de Todos los Santos para Toda la Ciudad, tú no tuviste que jurar que asistirás a todas las reuniones como lo hizo Jordan.

—Qué *aburrimiento* —comentó Jordan—, aún tengo los
ojos en blanco. Estos son réplicas de cristal, Min, incrustadas
en las aburridas cuencas de mi cráneo.

—Tampoco tuviste que jurar, como Lauren, que apoyarías a Jean Sabinger durante la elaboración de los seis bocetos del cartel a medida que cada uno de los subcomités de decoración iba presentando sus comentarios, dos de los cuales la hicieron llorar, ya que Jean y yo seguimos sin hablarnos después del *incidente* del baile de primer curso.

—Es verdad, lloró —aseguró Lauren—. Yo, personalmente, le soné la nariz.

—No es verdad —protesté.

—Bueno, es cierto que lloró. Jean Sabinger es una *llorona*. Es su temperamento artístico, Min.

—Lo único que tú prometiste para conseguir tus entradas gratuitas por formar parte de mi subcomité —continuó Al— fue dedicar una mañana a pegar carteles. *Esta* mañana, de hecho.

—Al...

—Y no me digas que es una estupidez —dijo Al—. Soy tesorero auxiliar del Instituto Hellman. Trabajo en la tienda de mi padre los fines de semana. Toda mi vida es una estupidez. El Baile de Todos los Santos para Toda la Ciudad es una estupidez. Estar en el comité de organización sin *quererlo* es la mayor de las estupideces, incluso cuando, en especial cuando, es obligatorio. Pero que sea una estupidez no es excusa. Aunque yo personalmente no tenga ninguna opinión al respecto...

—Madre mía —exclamó Jordan.

—... hay quienes sostendrían que, por ejemplo, alguien que encuentra imprescindible perseguir a Ed Slaterton está mostrando cierto grado de estupidez, y aun así, ayer mismo abusé de mi influencia como miembro del consejo de estudiantes y busqué su número de teléfono en la secretaría a petición tuya, Min.

Lauren fingió desmayarse.

—¡Al —exclamó imitando la voz de su madre—, eso es una violación del código de honor del consejo estudiantil! Pasará mucho tiempo antes de que vuelva a confiar en ti... Bueno, ya volví a confiar en ti.

En ese momento, todos me estaban mirando. Ed, tú nunca te preocupaste ni un segundo por ninguno de ellos.

—Bueno, bueno, pegaré los carteles.

—Sabía que lo harías —dijo Al dándome su cinta—. No dudé ni un instante de ti. A formar parejas, chicos. Dos cubrirán del gimnasio a la biblioteca y los otros dos, el resto.

—Yo me voy con Jordan —dijo Lauren tomando la mitad de la pila—. Prefiero no interferir en el festival de tensión sexual que Min y tú están teniendo esta mañana.

—*Todas* las mañanas —corrigió Jordan.

—Para ti todo es consecuencia de la tensión sexual porque tus padres son el señor y la señora Supercristianos —le dije a Lauren—. Nosotros, los judíos, sabemos que las tensiones subyacentes se deben siempre a un nivel bajo de azúcar en la sangre.

—Sí, bueno, ustedes mataron a mi Salvador —añadió Lauren, y Jordan se despidió con la mano—. No permitamos que ocurra de nuevo.

Al y yo nos dirigimos hacia la puerta Este, saltando por encima de las piernas de Marty Weiss y de esa chica de aspecto japonés que suele tomarse de la mano con él junto a las macetas secas, y pasamos la mañana exentos de las clases, pegando los carteles como si significaran algo; Al estirándolos y yo colocando trozos de cinta en las esquinas. Al me contó una larga historia sobre Suzanne Gane (clases de conducir, broche del *bra*) y luego dijo:

—Entonces, tú y Ed Slaterton. No hemos hablado mucho de eso. ¿Qué... qué...?

—No lo sé —respondí, *cinta, cinta*—. Él... vamos bien, creo.

—De acuerdo, no es asunto mío.

—No es eso, Al. Es solo que... que... ya sabes, él es... frágil.

—Ed Slaterton es frágil.

—No, *la relación*. Me refiero a él y yo, así lo siento.

—Bueno —dijo Al.

—No sé lo que va a pasar.

—Entonces ¿no vas a convertirte en una de esas novias de deportista sentada en las gradas? ¡Buen tiro, Ed!

—No te cae bien.

—No tengo opinión al respecto.

—De todos modos, ellos no lo llaman *tiro* —le corregí.

—Vaya, estás aprendiendo la terminología basquetbolística.

—Lanzamiento —dije—, así es como le dicen.

—La renuncia a la cafeína va a ser dura —comentó Al—. En las gradas no se sirve café después de las clases.

—No voy a dejar de ir a Federico's —aseguré.

—Claro, claro.

—Te veré ahí *hoy*.

—Olvídalo.

—No te cae bien.

—Te dije que no tengo opinión al respecto. De todas maneras, cuéntamelo después.

—Pero, Al...

—Min, detrás de ti.

—¿Qué?

Y ahí estabas tú.

—¡Oh! —recuerdo que exclamé demasiado alto.

—Hola —dijiste, e hiciste un leve gesto con la cabeza hacia Al, que, por supuesto, se avergonzó con su rollo de carteles de Halloween.

—Hola —respondí.

—Nunca sueles estar por aquí —dijiste.

—Estoy en el subcomité —una información que simplemente ignoraste.

—Bueno, ¿te veo luego?

—¿Luego?

—Después de clase, ¿vas a ir a verme entrenar?

Pasado un segundo me reí, Ed, y traté de reaccionar como si fuera ambidiestra, mirando a Al con expresión de «¿Puedes creer lo que está diciendo este tipo?» y al mismo tiempo a ti con cara de «Hablamos después».

—No —respondí—, no voy a ir a *verte entrenar*.

—Bien, entonces llámame más tarde —dijiste, y tus ojos revolotearon por el hueco de la escalera—. Déjame que te dé el número bueno.

Y sin pensarlo, Ed, cometiste aquella aberración: cortaste un trozo del cartel que acabábamos de colocar. No lo pensaste, Ed, por supuesto que no, porque para Ed Slaterton el mundo entero, cualquier cosa pegada en la pared, era una superficie sobre la que podía escribir. Así que tomaste el marcador que Al llevaba detrás de la oreja antes de que pudiera reaccionar siquiera y me apuntaste este número que te estoy devolviendo, este número que ya tenía, este número que, en mi cabeza, sigue siendo un cartel que nunca se romperá, antes de devolver el marcador y alborotarme el pelo y bajar a saltos las escaleras, dejando esta mitad en mi mano y la otra herida en la pared. Contemplé cómo te ibas, Al contempló cómo te ibas, contemplé a Al mientras contemplaba cómo te ibas y me di cuenta de que tenía que decir que eras un cabrón por hacer aquello, pero no fui capaz de pronunciar esas palabras. Porque en ese mismo instante, Ed, el día en el que compartí mi último café con Al en Federico's después de la escuela, antes de que —sí, mierda— empezara a sentarme en las gradas para verte entrenar, aquel número en mi mano se convirtió en el boleto de despedida a las mañanas de pega de carteles de mi vida, a mis amigos habituales, un anuncio de lo que todo el mundo sabe que sucederá porque sucede todos los años. «Llámame más tarde», habías dicho, así que tenía permiso para llamarte después, por la noche, y eso es lo que más echo de menos, Ed, esas noches al teléfono, guapísimo cabrón.

Porque durante el día, estaba la escuela. Los timbres demasiado ruidosos o traqueteantes en altavoces rotos que nunca se arreglan. Los suelos chirriantes y con huellas, los golpes de los casilleros. Escribir mi nombre en la esquina superior derecha del examen o el señor Nelson me descontará automáticamente cinco puntos, y en la esquina superior izquierda o el señor Peters me descontará tres. La pluma que se rinde a mitad de examen y deja cicatrices de tinta invisible sobre el papel, o que se suicida goteando en mi mano, mientras trato de recordar si me toqué la cara hace poco y me convertí en una minera con tinta en las mejillas y la barbilla. Los chicos que se pelean junto a los botes de basura por cualquier razón, aunque no son mis amigos, no son mi pandilla; mi antigua compañera de casillero que llora en la banca en la que me sentaba durante el primer curso con un grupo al que casi no veo. Exámenes, exámenes sorpresa, intercambiar identidades al pasar lista cuando hay un sustituto, cualquier cosa para pasar el rato, más timbres. El director en el intercomunicador, dos minutos enteros de zumbidos y murmullos de fondo, y luego un clarísimo «Ya está, Dave» y la desconexión. Una mesa en la que venden *croissants* para el club de francés volcada por Billy Keager, como siempre, y la mermelada de fresa convertida en una pegajosa mancha en el suelo durante tres días antes de que alguien la limpie. Antiguos trofeos en una caja, una placa, vacía y con forma de ataúd, a la espera de inscribir los nombres de este año. Soñar despierta y despertar frente a un profesor que espera una respuesta y se niega a repetir la pregunta. Otro timbre, el anuncio de «Ignorar ese timbre» y Nelson, que recrimina con el ceño fruncido —«Dije que lo *ignoremos»*—, a la gente que cierra sus mochilas. Los formularios en el aula, engrapados de tan mal modo que todo el mundo tiene que darles la vuelta para rellenarlos. Las tonterías y las pruebas para la función de la escuela, las pancartas para el gran partido del viernes, y luego el robo de la gran pancarta y el anuncio de delatar a quien lo haya hecho si alguien sabe algo. Jenn y Tim, que terminan, uno que se lleva el coche de Skyler, el rumor de que Angela está embarazada y luego el desmentido, «no, es gripe, todo el mundo vomita cuando tiene gripe». Los días en los que el sol ni siquiera trata de salir de entre las nubes ni de ser bueno por una vez en su vida de astro. La hierba mojada, los dobladillos húmedos, los calcetines equivocados que olvidé tirar y que ahora llevo puestos. La hoja furtiva que cae de mi pelo, donde ha permanecido durante horas, seguramente para delicia de alguien. Serena, que le gorronea una toalla en el baño a chicas a las que ni siquiera conoce durante la segunda clase porque le bajó la regla y no tiene nada para usar, como siempre. El gran partido del viernes, adelante, Beavers, acaben con ellos, Beavers, una estúpida broma que resulta aburrida a todo el mundo excepto a los de primero y a Kyle Hapley. Las pruebas para el coro, tres chicas que venden prendas tejidas para ayudar a las víctimas de un huracán, la biblioteca sin nada que ofrecer sea lo que sea que haya que buscar. Quinta hora, sexta, séptima... mirar el reloj y copiar en los exámenes, por qué no. De repente, sentir hambre, cansancio, calor, enojo, una tristeza increíblemente sorprendente. La cuarta hora, cómo podemos estar solo en la cuarta hora, es lo que es. Hester Prynne, Agamenón, John Quincy Adams; la distancia, el tiempo, la velocidad es igual a algo, mínimo común lo que sea, el radio, la metáfora, el mercado libre. El suéter rojo de alguien, la carpeta abierta de quién sabe quién, preguntarse cómo es posible perder un zapato, uno solo, y no darse cuenta de que ha permanecido esperanzado en el marco de la ventana durante semanas. Llama a este número del tablero de anuncios, llama si has sufrido algún abuso, si quieres suicidarte, si se te antoja irte a Austria este verano con estos otros fracasados de la fotografía. «¡ESFUÉRCENSE!» con mala letra sobre un fondo descolorido, «PINTURA FRESCA» sobre un suelo seco, gran partido el viernes, necesitamos tu apoyo, danos tu apoyo. Combinaciones de casillero, máquinas expendedoras, ligar con alguien, irse de pinta, ocultar que fumas, que te pones audífonos en clase, que llevas ron en una botella de refresco y caramelos de menta para ocultar el mal aliento. Ese chico enfermizo con lentes de fondo de botella y una silla de ruedas eléctrica, gracias a Dios no soy él, o con collarín, o con sarpullido o con ortodoncia, o ese padre borracho que apareció en un baile para romperle la cara, o esa pobre criatura a la que alguien tiene que decirle «Hueles mal, haz algo, o nunca, nunca, nunca te irá bien». Por el día, todo el día y todos los días era: saca buenas calificaciones, apunta, finge algo, desprecia a alguien, disecciona una rana y mira si se parece al dibujo de una rana diseccionada. Pero al llegar la noche, las noches eran para ti, por fin al teléfono contigo, Ed, mi mayor alegría, lo mejor.

La primera vez que marqué tu número fue como la primera vez que alguien llamaba a otra persona: Alexander Graham Loquesea, casado con Jessica Curtain en una película muy aburrida, frunciendo el ceño ante sus prototipos durante meses de montaje antes de lograr pronunciar por fin su mágica frase a través del cable. ¿Sabes cuál fue, Ed?

—¿Dígame? —maldita sea, era tu hermana. ¿Cómo podía ser este el número bueno?

—Eh, hola.

—Hola.

—¿Podría hablar con Ed?

—¿De parte de quién?

Oh, por qué tenía que preguntarme eso, pensé jalando la colcha.

—Una amiga —contesté con una timidez estúpida.

—¿Una amiga?

Cerré los ojos.

—Sí.

Hubo un momento de silencio, algunos zumbidos, y escuché cómo Joan, aunque todavía no la conocía, exhalaba y consideraba si seguir indagando, mientras yo pensaba que podía colgar sin más, como un ladrón en la noche en *Como un ladrón en la noche.*

—No cuelgues —dijo ella.

Y unos segundos después, murmullos y traqueteos, tu voz a lo lejos diciendo: «¿Qué?» y Joan burlándose: «Ed, ¿tienes alguna amiga? Porque esa chica dijo...».

—Cállate —gritaste muy cerca, y luego—: ¿Sí?

—Hola.

—Hola. Eh, ¿quién es...?

—Perdona, soy Min.

—Min, hola, no había reconocido tu voz.

—Claro.

—Espera, me voy a otra habitación porque ¡Joanie está justo aquí al lado!

—De acuerdo.

Tu hermana dijo bla, bla, bla, lo que sea.

—Esos son *mis* platos —exclamaste. Bla, bla, bla—. Es una *amiga* mía —bla, bla, bla—. No lo sé —bla—. Nada.

Seguí esperando. «Señor Watson», es lo primero que el inventor dijo milagrosamente desde la otra habitación, «*venga aquí. Quiero verlo.*»

—Ya, perdón.

—No pasa nada.

—Mi hermana.

—Sí.

—Ella es... bueno, ya la conocerás.

—Bueno.

—Y bien...

—Eh... ¿cómo estuvo el entrenamiento?

—Bien. Glenn se portó como un imbécil, pero eso es normal.

—Oh.

—¿Cómo estuvo... lo que quiera que hagas después de la escuela?

—Tomar café.

—Oh.

—Con Al. Ya sabes, para pasar el rato. También estaba Lauren.

—Bueno, y ¿cómo te fue?

Ed, fue maravilloso. Tartamudear contigo o incluso dejar de tartamudear y no decir nada era tan hermoso y dulce, mejor que hablar a mil por hora con cualquiera. Pasados unos minutos habíamos dejado atrás los nervios, nos habíamos compenetrado, nos sentíamos cómodos y la conversación avanzaba a toda velocidad hacia la noche. Algunas veces solo nos reíamos al comparar nuestras cosas favoritas: me encanta ese sabor, ese color es genial, ese disco apesta, nunca he visto ese espectáculo, ella es increíble, él es un idiota, tienes que estar bromeando, de ninguna manera, el mío es mejor, inocuo y divertido como las cosquillas. En ocasiones nos contábamos historias, hablando por turnos y animándonos: no es aburrido, está bien, te he oído, te escucho, no hace falta que lo digas, puedes decirlo otra vez, nunca le había contado esto a nadie, no se lo contaré a nadie más. Me relataste lo de aquella vez con tu abuelo en el vestíbulo. Yo te conté lo de aquel día con mi madre y el semáforo en rojo. Tú me contaste lo de aquella ocasión con tu hermana y la puerta cerrada con llave, y yo, lo de mi viejo amigo y el trayecto equivocado. Aquella vez después de la fiesta, aquella otra antes del baile. Aquel día en el campamento, de vacaciones, en el jardín, bajando la calle, en aquella habitación que nunca volveré a ver, aquel día con papá, aquella vez en el autobús, esa otra vez con papá, aquella extraña ocasión en el lugar del que te hablé en la otra historia sobre la otra vez, las ocasiones que se reunían como copos de nieve en una ventisca que convertimos en nuestro invierno favorito. Ed, aquellas noches al teléfono lo eran todo, cada cosa que decíamos hasta que tarde se convertía en más tarde y luego en más tarde y muy tarde, hasta irme por fin a la cama con la oreja caliente, dolorida y roja de sostener el teléfono cerca, cerca, cerca para no perderme una sola palabra, porque a quién le importaba lo cansada que yo estuviera durante el monótono trabajo forzado de nuestros días el uno sin el otro. Echaría a perder cualquier día, todos mis días, por aquellas largas noches contigo, y lo hice. Y por eso nuestra relación quedó condenada justo en aquel momento. No podíamos tener únicamente las mágicas noches murmurando a través de los cables. Debíamos pasar también los días, los luminosos e impacientes días que lo estropeaban todo con sus inevitables horarios, las clases obligatorias que no coincidían, los fieles amigos que no se iban, las imperdonables aberraciones rasgadas de la pared sin hacer caso a las promesas pronunciadas pasada la medianoche, y por eso rompimos.

QUEDÉMONOS EN ESE
LUGAR, SOLOS

De esto quiero hablarte, Ed, de la verdad sobre esta moneda. Mírala. ¿De dónde es? ¿Qué primer ministro, qué rey es ese? En algún lugar del mundo la consideran dinero, pero no fue así aquel día después de la escuela en Cheese Parlor. Habíamos acordado, con más debate y diplomacia que en esa miniserie de siete horas de Nigel Krath sobre el cardenal Richelieu, que tomaríamos una cena temprana o un bocadillo después del café y el entrenamiento o como quieras llamarlo, al atardecer, cuando se suponía que debías estar en casa pero estabas comiendo *waffles* con queso y una sopa de tomate aguada e hirviendo en terreno neutral. Estaban cansados de no coincidir contigo, aunque lo cierto es que no se había presentado ninguna ocasión. Todos pensaban, Jordan y Lauren, Al no porque no tenía ninguna opinión al respecto, que te estaba escondiendo. ¿O era que me avergonzaba de mis amigos? ¿Era eso, Min? Alegué que tenías entrenamiento y ellos contestaron que eso no era excusa, yo dije que por supuesto que lo era y luego Lauren añadió que tal vez si no te invitáramos, como en la fiesta de Al, quizás entonces aparecerías. Así que dije está bien, está bien, está bien, está bien, cállense, de acuerdo, el martes después del entrenamiento, después del café en Federico's, vayamos a Cheese Parlor, que tiene una ubicación céntrica y a todos nos disgusta por igual, y luego te lo pregunté a ti y respondiste que claro, que sonaba bien. Me senté en una mesa con bancas largas junto a ellos y esperamos. Las bancas se doblaron y los manteles individuales nos invitaron a hacernos preguntas sobre quesos unos a otros.

—Oye, Min, verdadero o falso, ¿el queso parmesano se inventó en 1987?

Me saqué de la boca el dedo que estaba mordisqueándome y le propiné un fuerte golpe a Jordan.

—Van a ser amables con él, ¿verdad?

—Nosotros siempre somos amables.

—No, nunca lo son —exclamé— y por eso los quiero, algunas veces, la mayoría, pero hoy no.

—Si va a ser lo que quiera que vaya a ser tuyo —dijo Lauren—, entonces debería conocernos como Dios supuestamente nos creó, en nuestro medio natural, con nuestra habitual...

—Nosotros nunca venimos aquí —corrigió Al.

—Ya discutimos eso —le recordé.

Lauren suspiró.

—A lo que me refiero es que si vamos a salir todos juntos...

—¿Salir juntos?

—Tal vez no lo hagamos —continuó Jordan—. Tal vez no sea así. Tal vez nos veamos únicamente en la boda, o...

—*Basta ya.*

—¿No tiene una hermana? —preguntó Lauren—. ¡Imagínanos a las dos vestidas igual para la fiesta de la boda! ¡En color *ciruela!*

—Sabía que sería así. Debería avisarle que no venga.

—Tal vez esté asustado de nosotros y no se presente —dijo Jordan.

—Sí —exclamó Lauren—, y tal vez no quería el teléfono de Min y tal vez no iba a llamarla y tal vez no sean realmente...

Dejé caer la cabeza sobre la mesa y parpadeé, fija en una fotografía de queso *brie.*

—No mires ahora —susurró Al—, pero hay una bola de sudor junto a la entrada.

Es cierto, tenías un aspecto especialmente atlético y sudoroso. Me levanté y te besé, sintiéndome como en la escena de *La cámara acorazada* en la que Tom D'Allesandro ignora que a Dodie Kitt la tienen secuestrada justo debajo de sus narices.

—Hola —dijiste, y luego bajaste la mirada hacia mis amigos—. Y hola.

—Hola —fue la maldita respuesta de todos ellos.

Te deslizaste sobre la banca.

—No venía aquí desde hace una eternidad —comentaste—. El año pasado estuve con una persona a la que le gustaba la cosa esa, la sopa de queso caliente.

—*Fondue* —aclaró Jordan.

—¿Con Karen? —preguntó Lauren—. ¿La de las trenzas y el yeso en el codo?

Pestañeaste.

—Con Carol —corregiste—, y no era *fondue.* Era sopa de queso caliente.

Señalaste la SOPA DE QUESO CALIENTE en la carta y, durante un breve instante, nos sumimos en un profundo silencio.

—Nosotros siempre pedimos el especial —sugirió Al.

—Entonces, pediré el especial —dijiste—. Y Al, que no se me olvide —diste unos golpecitos sobre tu mochila—, Jon Hansen me pidió que te diera una carpeta para el trabajo de Literatura.

Lauren se volvió para mirar a Al.

—¿Vas a Literatura con Jonathan Hansen?

Al negó con la cabeza y tú bebiste un largo, largo trago de agua con hielo. Contemplé tu garganta y la deseé, cada una de las palabras que habías pronunciado, todas para mí.

—Con su novia —aclaraste por fin—. Joanna Nosequé. Aunque, y no se lo digan a nadie, no por mucho tiempo. Eh, ¿saben de qué me acabo de acordar?

—¿De que Joanna Farmington es amiga mía? —contestó Lauren.

Sacudiste la cabeza e hiciste una seña con la mano al mesero.

—De la rocola —respondiste—. Tienen una buena rocola.

Colocaste la mochila encima de la mesa, sacaste la cartera y frunciste el ceño al ver los billetes.

—¿Alguien tiene cambio? —preguntaste, y entonces alargaste el brazo hacia el bolso de Lauren. No sé nada sobre deporte, pero pude sentir el *strike* uno, *strike* dos, *strike* tres zumbando sobre tu cabeza. Abriste el cierre y revolviste cosas. Mis ojos se dirigieron hacia Al, que trataba de no dirigir sus ojos hacia mí. La única persona, además de Lauren, que tiene permiso para hurgar en el bolso de Lauren es quienquiera que la encuentre muerta en una zanja y esté buscando su identificación. Se asomó un tampón y entonces encontraste el monedero, sonreíste, lo abriste y dejaste caer las monedas sobre tu mano.

—El especial para todos —pediste al mesero, y te levantaste para acercarte a la rocola, dejándome sola en una mesa con conmoción postraumática.

Lauren miraba su monedero como si yaciera muerto en la carretera.

—Por Jesucristo y su padre biológico.

—Como diría tu madre —añadió Jordan.

—Ellos se comportan así entre amigos —exclamé desesperada—, comparten el dinero.

—¿*Se comportan así*? —preguntó Lauren—. ¿Qué es esto, un especial de naturaleza? ¿Es que son hienas?

—Esperemos que no se emparejen de por vida —murmuró Jordan.

Al solo me miraba, como si deseara saltar sobre su caballo, disparar el revólver y abrir la escotilla de emergencia, pero solo a una señal mía. Y yo no le di la señal. Regresaste, sonreíste a todo el mundo y, *strike* mil millones, empezó a sonar Tommy Fox. Ed, no sé cómo explicártelo, pero nosotros, nunca te lo dije, hacemos chistes sobre Tommy Fox, ni siquiera buenos chistes, porque es demasiado fácil reírse de Tommy Fox. Sonreíste de nuevo y lanzaste esta moneda sobre la mesa, *clín, giro, clín, giro,* mientras todos clavábamos la mirada en ella.

—Esta no funcionaba —dijiste señalando al centro de la mesa, la tierra de nadie donde este objeto inútil seguía girando.

—No me digas —exclamó Lauren.

—Me encantan las guitarras de esta canción.

Te sentaste y me rodeaste con el brazo. Yo me recosté sobre él, Ed, tu brazo resultaba agradable incluso con Tommy Fox en el aire.

—Está bromeando —dije, de nuevo desesperada. Tenía esa esperanza y mentí por ti, Ed. La moneda repiqueteó hasta detenerse y yo la guardé en mi bolsillo mientras comíamos y balbuceábamos y nos levantábamos a tropezones y pagábamos y nos íbamos. Tus ojos mostraban tanta dulzura cuando me acompañaste a la parada del autobús mientras ellos se alejaban en dirección contraria... Los vi arremolinarse y reír. Oh, Ed, dondequiera que sirva este dinero, pensé con tu mano sobre mi cadera y la moneda inútil en el bolsillo, dondequiera que se pueda usar, cualquier extraña tierra que sea, vayámonos ahí, quedémonos en ese lugar, solos.

Fíjate bien y verás un pelo o dos que quedaron enganchados en la liga cuando me la arrancaste. ¿Quién haría una cosa así? ¿Qué tipo de hombre, Ed? En aquel momento, no me importó.

Fue la primera vez que estuvimos en tu casa, donde leerás esto, desconsolado. Fui por primera vez contigo hasta donde vives, juntos en el autobús, después de verte entrenar. Me sentía agotada, somnolienta por no haberme tomado mi habitual café en Federico's. En realidad, harta de aburrirme en las gradas mientras tú practicabas tiros libres, con el entrenador soplando su estridente silbato en señal de «Trata de encestar más». De hecho, dormité un segundo sobre tu brazo en el autobús y cuando desperté, me estabas mirando con melancolía. Estabas sudoroso y hecho un desastre. Noté el mal aliento en mi boca incluso después de dormir solo un instante. El sol se colaba a través de las ventanas superiores, descuidadas y llenas de mugre. Me dijiste que te gustaba contemplarme mientras dormía. Que ojalá pudieras verme despertar por la mañana. Por primera vez, aunque para ser totalmente sincera no fue la primera, traté de pensar en algún lugar, uno extraordinario, donde pudiera suceder aquello. Toda la escuela sabe que si llegamos a la final estatal, los integrantes del equipo se alojan en un hotel y el entrenador mira hacia otro lado, pero nuestra relación no duró tanto.

Cuando cruzamos la puerta trasera, gritaste:

—¡Joanie, estoy en casa!

Y escuché a alguien responder:

—Ya sabes las reglas... no hables conmigo hasta que te hayas bañado.

—¿Te quedas con mi hermana un segundo? —me preguntaste.

—No la conozco... —protesté en una sala con todos los cojines del sofá alineados en el suelo como fichas de dominó.

—Es simpática —me tranquilizaste—. Ya te he hablado de ella. Cuéntale de las películas que te gustan y no la llames Joanie.

—Pero tú acabas de llamarla *Joanie* —exclamé, aunque ya estabas subiendo a saltos la escalera.

El sofá desprovisto de cojines, pilas de revistas viejas, una taza de té, toda la habitación desordenada. A través de la puerta se colaba una música que me gustó al instante, pero que no pude reconocer. Sonaba a jazz, aunque no del lastimero.

Caminé hacia la melodía y encontré a Joan bailando en la cocina con los ojos cerrados, acompañada de una cuchara de madera. Había montones de cosas picadas por la mesa. Ed, tu hermana es hermosamente sorprendente, díselo de mi parte.

—¿Qué es?

—¿Qué? —no mostró sorpresa ni nada.

—Lo siento. Me gusta la música.

—No deberías disculparte por que te guste esta música. Hawk Davies, *La intuición*.

—¿Cómo?

—«Las intuiciones se tienen o no se tienen». ¿No has escuchado a Hawk Davies?

—Ah, claro, Hawk Davies.

—No mientas. Es genial que no lo conozcas. Ah, volver a ser joven.

Subió el volumen y continuó bailando. Podría... pensé, tal vez debería regresar a la sala.

—Tú eres la chica que llamó la otra noche.

—Sí —admití.

—Una *amiga* —recitó—. ¿Cómo te llamas, *amiga*?

Le contesté que Min, diminutivo de tal y todo lo demás.

—Vaya discurso —dijo ella—. Yo soy Joan. Y me gusta que me llamen Joanie tanto como a ti Minnie.

—Ed me avisó.

—¡No confíes en un chico que siempre está asquerosamente sudoroso y al final de *cada estúpido día tiene que darse un estúpido baño!*

Gritó las últimas palabras hacia el techo. *Pisotón, pisotón, pisotón,* la lámpara de la cocina repiqueteó y la regadera se abrió en el piso de arriba. Joan sonrió y luego me echó una ojeada mientras se disponía de nuevo a picar cosas.

—¿Sabes qué? Espero que no te importe, y sin ánimo de ofender, pero no pareces una chica como todas.

—¿No?

—Tú eres más... —*chas, chas,* buscó la palabra, *chas, chas.* Detrás de ella había un portacuchillos. Como dijera *bohemia...*— interesante.

Me obligué a no sonreír. No parecía adecuado responder «Gracias».

—Bueno, hoy fui una chica como todas —dije—. Supongo.

—¡Eh! —respondió con intensidad y sarcasmo, los ojos abiertos de par en par y el cuchillo levantado como el mástil de una bandera—. *¡Vamos a ver cómo los chicos juegan un partido de entrenamiento para luego verlos jugar el partido de verdad!*

—¿No te gusta el basquetbol?

—Perdona, ¿te gustó a ti? ¿Cómo fue verlo entrenar?

—Aburrido —respondí al instante. Solo de batería en el disco.

—Sales con mi hermano —dijo sacudiendo la cabeza; luego se acercó a la cocina, removió lo que estaba preparando y chupó la cuchara, era algo con tomate—. Serás una viuda, una viuda del basquetbol, completamente aburrida mientras él hace fintas por todo el mundo. Así que no te gusta el basquetbol...

Ya era cierto, Ed. Y ya me había preguntado si sería correcto hacer la tarea o simplemente leer mientras tú entrenabas. Pero nadie más lo hacía. Las otras novias no hablaban mucho entre ellas y nunca se dirigían a mí, simplemente me miraban como si el mesero se hubiera equivocado de aderezo. Pero quedaba tan bien y valía tanto la pena que me saludaras con la mano, y el sudor en tu espalda cuando se dividían en un equipo con camiseta y otro sin ella.

—... y no entiendes de música, entonces, ¿qué te gusta?

—Las películas —respondí—. El cine. Quiero ser directora.

La canción se acabó, comenzó la siguiente. Por alguna razón, Joan me miró como si le hubiera dado un puñetazo.

—Escuché... —dije—, Ed me contó que estuviste estudiando cine. ¿En State?

Ella suspiró y se puso las manos en las caderas.

—Durante un tiempo. Pero tuve que cambiar. Volverme más práctica.

—¿Por qué?

Dejó de oírse la regadera.

—Nuestra madre se enfermó —respondió señalando con la barbilla hacia el dormitorio más alejado, algo de lo que nunca me habías hablado, en ninguna de nuestras noches al teléfono.

Pero soy buena cambiando de tema.

—¿Qué estás preparando?

—Albóndigas suecas vegetarianas.

—Yo también cocino, con Al.

—¿Al?

—Un amigo mío. ¿Puedo ayudarte?

—Toda mi *vida,* Min, durante *eones* he esperado que alguien me hiciera esa pregunta. Confío en que estés de acuerdo con que los mandiles son inútiles, pero toma, agarra esto.

Se acercó a la puerta y manipuló la perilla un segundo antes de dejar caer algo en mi mano. Ligas para el pelo, las colocaban ahí, en todas las perillas de la casa.

—¿Eh?

—Recógete el pelo, Min. El ingrediente secreto no es *tu melena.*

—Entonces, ¿cómo haces las albóndigas suecas vegetarianas? ¿Con pescado?

—El pescado es carne, Min. Con setas, nuez de la India, cebollín, paprika que tengo que buscar, perejil y tubérculos rallados que tú puedes rallar. La salsa ya está preparada e hirviendo. ¿Suena bien?

—Sí, pero no es muy sueco que digamos.

Joan sonrió.

—En realidad, no es muy *nada* —admitió—. Solo estoy probando, ¿sabes? *Experimento,* eso es lo que hago.

—Podrías llamarlas albóndigas experimentales —sugerí, con el pelo recogido.

Me pasó el rallador.

—Me caes bien —afirmó—. Dime si quieres que te preste mis viejos libros de Estudios Cinematográficos. Y avísame si Ed te trata mal para que pueda hacerlo picadillo.

Así que imagino que estarás sobre un plato acompañado de limón y cualquier otra cosa, Ed. Pero bajaste por la escalera con el pelo alborotado y ropa cómoda: una camiseta de un concierto, los pies descalzos y bermudas.

—Hola —saludaste envolviéndome con tus brazos. Me diste un beso y me quitaste, *ay,* la liga del pelo.

—*Ed.*

—Me gusta más así, sin ofender, está mejor suelto.

—Necesita traerlo recogido —se quejó Joan.

—No, estamos descansando —dijiste tú.

—Sí, y cocinando.

—Al menos podrías poner una música decente.

—Hawk Davies aplastaría a Truthster como si fuera una uva. Vete a ver la televisión. Min me está ayudando.

Hiciste pucheros mientras mirabas dentro del refrigerador, y tomaste la leche para beberla directamente del cartón y luego vaciarla en un tazón con cereal.

—Tú no eres mi verdadera madre —dijiste, y obviamente se trataba de una vieja broma.

Tu preciosa hermana te arrancó la liga de la mano y la dejó caer en la mía, como un gusano blanducho, una serpiente perezosa, un lazo totalmente abierto y dispuesto a amarrar algo en un rodeo.

—Si yo fuera tu verdadera madre... —dijo ella.

—Ya sé, ya sé, me habrías estrangulado en la cuna.

Te fuiste al salón a tomar tu bocadillo y Joan y yo preparamos las albóndigas suecas vegetarianas, que resultaron ser deliciosas y sorprendentes. Le pasé la receta a Al esa noche, y él dijo que sonaba fenomenal y que tal vez podríamos prepararlas el viernes por la noche o el sábado o el sábado por la noche o incluso el domingo por la noche, que le pediría a su padre la noche libre en la tienda, pero yo respondí que no, que no tendría tiempo en todo el fin de semana, que iba a tener unos días ajetreados. Mi agenda estaba llena, y no es que tenga agenda. Te desplomaste estirado sobre los cojines, ¿qué hacían en el suelo? Acompañado del cereal y la tonta televisión, que podía ver pero no oír desde la cocina. Cociné con Joan como si también fuera mi hermana, o algo así, y al final bailé a su lado. Con Hawk Davies ofreciéndome su intuición, ofreciéndosela a todo el mundo aquella tarde en tu cocina. Me solté el pelo con el pelo recogido, atado con una liga de tu perilla, mientras tú permanecías tirado en el suelo, con la camiseta subida, los pantalones sueltos y caídos y la parte baja de la espalda al aire, como la había contemplado todo el día.

Te lo devuelvo, Ed. Te lo devuelvo todo.

Supongo que tendría que haberlo colgado, que debería haber estado en diagonal sobre mi cama, como tachando cualquier otra cosa: LOS BEAVERS DEL INSTITUTO HELLMAN. E imagino que la razón por la que nunca lo coloqué en ninguna parte fue porque los colores de los Beavers, amarillo y verde, desentonaban con lo que hay sobre mi cama, el cartel de mi película favorita, *Nunca a la luz de las velas,* con Theodora Sire levantando las cejas para siempre en el póster que Al me regaló en mi último cumpleaños, después de buscarlo durante una eternidad, como si insinuara que lo que había sobre mi cama era poco elegante e indigno de mí. No lo colgué en la pared, no quería colgarlo, y debería haberlo sabido entonces.

También podría haber dicho LA NUEVA NOVIA DE ED DEL INSTITUTO HELLMAN cuando lo encontré el viernes enganchado en una rendija de mi casillero, ondeando con la brisa procedente de los viciados conductos del aire como cuando los diplomáticos llegan al Hotel Continental. Tuve que forcejear un poco para sacarlo y sentí cómo mi rostro ruborizado sonreía y luchaba por no sonreír. Todo el mundo sabe que aunque los banderines se ponen a la venta los días de partido, siendo las porristas sustitutas las encargadas de ofrecerlos a voces y con una sonrisa en la cafetería, solo los llevan los estudiantes de primero, los padres y otras almas despistadas, además de las novias de los jugadores, que los roban para repartirlos como rosas de tallo largo el viernes por la mañana. Y la gente lo vio y sacó conclusiones. Jillian Beach no tenía nada que se moviera al viento en su casillero, y suficiente gente chismosa me había visto contigo en el entrenamiento de esa semana después de clase para imaginar de quién había recibido el banderín. El segundo capitán, debió de comentarse en algún lado entre gritos ahogados, y Min Green. Tal vez la gente les preguntó a Lauren y a Al si era cierto. Tal vez ellos respondieron que *sí*, simplemente *sí*, o quizás algo peor que prefiero no imaginar.

Y dentro de mi casillero, el boleto. Probablemente tampoco pagaste por él. No sé cómo funciona lo de la zona reservada, acordonada para los amigos y familiares, protegida por los chicos del equipo *junior*, todos orgullosos por la importancia de su tarea de vigilancia. El boleto desapareció hace mucho, roto y quemado hasta convertirse en nada y humo. Me dijiste después que sentías no haber podido conseguir una entrada para Al, pero que, por supuesto, podía acompañarnos a la fiesta posterior o a donde fuéramos si perdíamos, aunque Al me respondió que tenía planes, que no, gracias. Cuando llegué a mi asiento, Joan estaba a mi lado, cargada con unas galletas envueltas en papel aluminio, aún calientes.

—Vaya, un banderín —recuerdo que dijo—. Ahora todo el mundo sabe de qué lado estás, Min.

Tenía que gritar para hablar conmigo. Un padre que estaba detrás de nosotras puso su mano sobre mi hombro: *Siéntate,*

siéntate, que aunque el partido no haya comenzado necesito una panorámica totalmente despejada de la cancha de madera brillante y las chicas que menean los pompones.

—Con los Beavers, supongo —respondí.

—Es el *supongo* lo que más reconforta.

—Bueno, es... —quería decir «el de mi novio», pero temía que Joan me corrigiera— cosa de Ed. Trato de ser amable. Y él me lo dio.

—Por supuesto que lo hizo —dijo Joan, y abrió el paquete de papel aluminio—. Prueba las galletas. Les puse nueces en vez de avellanas, dime qué te parecen.

Las sostuve en las manos. Joan no había estado en casa el resto de nuestra primera semana juntos, dejándome sola, leyendo en tu desordenada sala mientras tú te bañabas. Aunque me habías invitado a subir. Pero tenía miedo de que regresara, ignoraba cuáles eran las reglas, así que esperaba hasta que bajabas aún mojado del baño y nos tendíamos juntos sobre los cojines, en el suelo, con la televisión pisando nuestras palabras. Te diré la verdad: prefería cuando tú me ayudabas a tocarte, deslizando nuestras manos por encima y por debajo de tu ropa limpia, que cuando tú me acariciabas, tan insegura me sentía de cuándo podría regresar Joan a casa y cacharnos.

—¿Vas a ir a la fiesta de después?

—¿Yo? —preguntó Joan—. No, las fogatas no son para mí, Min. Vengo a algunos partidos, aproximadamente a la mitad, porque no quiero ser una mala hermana, pero las fiestas posteriores son cosa suya, ya se lo he dicho a él. Las reglas son que no vuelva a casa tan tarde que luego se pase durmiendo todo el sábado, que no se quede toda la noche por ahí y que si vomita, lo limpie.

—Parece justo.

—Dile eso a él —exclamó Joan con un resoplido—. Ed quiere vivir sin reglas y que le sirvan el desayuno en la cama.

Saltaste a la cancha cuando anunciaron tu nombre a través del atronador megáfono, que aullaba de manera profesional. Me dolían los oídos por la intensidad del cariño que te demostraban. Tú tomaste la pelota de manos del entrenador y la moviste a ambos lados, *fintando, fintando,* como si el estadio entero no estuviera rugiendo, e hiciste un lanzamiento que, desde donde yo estaba sentada, pareció dudoso pero entró, y el techo saltó por los aires e hiciste tonterías y te inclinaste en una reverencia y golpeaste a Trevor sonriendo y entonces —igual que debió sentirse Gloria Tablet cuando sirvió café a Maxwell Meyers y al día siguiente estaba haciendo un *casting*—, entonces me señalaste, a mí directamente, y sonreíste y yo me quedé helada y moví el banderín hasta que el siguiente jugador fue anunciado y tú lanzaste el balón a Christian *con fuerza* y sonrisa de diablillo.

—¿Ves a qué me refiero? —dijo Joan.

—Tal vez yo pueda meterlo en cintura.

Me rodeó con el brazo. Se había puesto algo, pude notar el aroma, o tal vez fuera solo la canela o la nuez moscada que había usado en la cocina.

—Oh, Min, eso espero.

Anunciaron al resto del equipo. Sonaron silbatos. Durante un segundo pensé que, por alguna razón, las palabras de Joan me harían llorar, así que agité el banderín para airear mis ojos llorosos.

—Pero tanto si lo consigues como si no —me advirtió—, no lo retengas mucho más allá de la medianoche.

—Tú no eres mi verdadera madre —tuve el valor de decir, aunque luego me sentí estúpida y me di cuenta de que no era la broma adecuada.

Era la tuya, tu broma con Joan, así que frunció el ceño y dirigió la mirada hacia los pompones. Se hizo el silencio, aunque todo el mundo estuviera gritando.

—Están buenas —dije de las galletas, la clave para «lo siento».

—Sí, bueno —respondió ella, y me palmeó la mano en señal de «te perdono», aunque definitivamente no había sido la broma correcta—, no te las comas todas.

Y el partido empezó. El clamor y el estruendo no se parecían a nada que hubiera experimentado antes, ni siquiera a cuando estaba en primero y acudí al primer encuentro para animar a nuestro equipo porque mis primeros amigos no eran los adecuados y no conocía a ningunos mejores. El gimnasio entero estaba *vivo,* animando y saludando y aferrándose a los compañeros, y el sonido de las trompetas cuando alguien marcaba quedaba ahogado por los gritos, entusiasmados o decepcionados según el equipo con el que fueras. Ruido de silbatos y luego sudorosos momentos de calma, miradas, encogimiento de hombros, gestos con los largos brazos de «no, mierda» cuando se cometía una falta o un error. Todas las manos se alzaron en la cancha, el balón es mío, la canasta, el punto, el resultado, el partido, te perdí de vista en el barullo de cuerpos escuálidos, te encontré de nuevo, te dejé ir para consultar el resultado en el marcador. Era frenético, Ed, y me gustó el frenesí y golpeé con los pies en las gradas para unirme al estruendo, hasta que mis ojos se toparon con el reloj y solo habían transcurrido quince escasos minutos. Había pensado que, tal vez, estaría a punto de acabar, y resoplé y el banderín se transformó de repente en unas pesas demasiado pesadas para volver a levantar. Quince minutos, solo, ¿cómo podía haber pasado tan poco tiempo? Parpadeé mirando el cronómetro para asegurarme y Joan sonrió al darse cuenta.

—Lo sé —dijo—. Son eternos. Es como la definición del diccionario de date prisa y espera.

Te había perdido el rastro el tiempo suficiente para que al encontrarte de nuevo, mi cerebro pensara: *¿Por qué estás mirando a ese tipo? ¿Quién es? ¿Por qué él y no otro, cualquier otro?* Y es que había algo equivocado en el cuadro en el que me encontraba. Era como si una manzana se presentara como candidata al Congreso o un soporte para bicicletas llevara puesto un traje de baño. Me habían cortado y pegado en un entorno con el que, se notaba al instante —o, sin duda, después de quince minutos—, no concordaba. Así me sentía. Igual que Deanie Francis en *La medianoche está cerca* o Anthony Burn en el papel de Stonewall Jackson en *No bajo mi responsabilidad,* inadecuados para el papel, mal seleccionados. ¿Tendría que cargar la mochila —con la tarea y el libro de Robert Colson que le había prestado a Al y que por fin me había devuelto añadidos al enorme peso que sentía en las piernas— durante la estrepitosa noche que obviamente se avecinaba, ya que el marcador se había inclinado abrumadoramente a nuestro favor? ¿Qué se hace con el banderín y la varilla de plástico para sujetarlo? ¿Se tiran al fuego? ¿Por qué nadie lleva jamás un banderín en las fiestas? ¿Qué estaba haciendo en el gimnasio, un lugar al que nunca acudía voluntariamente? Ni siquiera vendían café y yo quería uno, Dios, deseaba uno hasta el punto de estar dispuesta a golpear a alguna madre exhausta para robarle el termo. Pero no había escapatoria: las ventanas, demasiado altas y ni siquiera abiertas, migas y nueces a mis pies, el hermano de Christian apoyado en mí por accidente, Joan, que se reía con la madre de alguien al otro lado. No te vas; te quedas. Pensé que estaba callada, pero poco a poco noté la garganta ronca y ardiendo de todo lo que estaba gritando. Me desconecté de todo y al bajar de las nubes te encontré señalándome de nuevo y esperé no haberme perdido otras ocasiones en las que hubieras sonreído mirando hacia arriba para encontrarme con el ceño fruncido, aburrida y con la vista en otra parte. Lo intenté, lo intenté otra vez, agitando mi banderín como un rehén. Te di mi ánimo y ganaron.

El resultado fue mil millones a seis, algo que no resultó sorprendente. Ningún habitante de la Tierra pasaría hambre y todos encontrarían el amor y la felicidad para siempre, ya que habíamos ganado, pero si hubiéramos perdido, nos habrían arrancado los ojos y nos habrían lanzado desnudos sobre brasas ardientes y serpientes venenosas, a juzgar por todas las felicitaciones y abrazos finales, extraños que se abrazaban como al término de *El virus omega,* cuando Steve Sturmine encuentra el antídoto. Los más afectuosos para ti, Ed, así que cuando dabas la vuelta de honor me di cuenta de que debería haber comprado flores y haberlas escondido en algún lugar para derramarlas sobre ti, ahora que los Beavers habían ganado y salvado a toda la humanidad, según opinaba todo el mundo excepto la chica bohemia y aplastada por el aburrimiento que estaba sentada en los asientos reservados, gorda por comer demasiadas galletas. Lo siento —entonces lo sentía, ahora no—, pero me resultó aburrido.

—¡No tan tarde! —me recordó Joan mientras salíamos en tropel, y luego agité la mano hacia su coche y esperé a que aparecieras entusiasmado y limpio, mi valiente muchacho con su novia nueva, feliz con tus compañeros de equipo. Pero *regresamos* demasiado tarde. Tenía que quedarme y me quedé, sin saber, sin comprender, sin disfrutar nada de aquello. Hasta que las otras novias no despojaron el banderín de la varilla no supe que podía tirar la mía a la basura con las demás. Luego enrollé mi banderín mientras ellas enrollaban los suyos, admitiendo que había sido un buen partido, un momento divertido, algo perfectamente bueno para dedicarle mi noche del viernes. Te esperé, Ed, para que todo aquello valiera la pena, y entonces me besaste y afirmaste: «Te dije que te gustaría», y esa fue la única parte que me gustó. Pero simplemente te devolví el beso, dejé que cargaras mi mochila junto a la tuya en tus preciosos hombros y caminé a tu lado, con los dedos sudorosos sobre el banderín enrollado, sin saber dónde colocar las manos cuando nos reunimos con los demás en el estacionamiento para ir juntos hasta el Cerrity Park. ¿Qué otra cosa podía hacer? No había elección, hasta donde era capaz de pensar. Habías ganado el partido, lo habíamos ganado, así que tocaba la fiesta posterior, las bebidas, la enorme fogata, y por último solos en algún lugar cuando fuera ya demasiado tarde, no tenía elección, perdí la oportunidad cuando vi este banderín ondeando por primera vez. No tenía elección. No íbamos a escabullirnos a ver una película, ni a hablar en cualquier parte, en cualquier otro lugar. El segundo capitán no, no esa noche, no conmigo, la nueva novia, y por eso rompimos.

La camioneta en la que voy es igual que esta, nunca lo había pensado hasta ahora. Avanzo a tropezones mientras te escribo con este diminuto cochecito en la otra mano y Al a mi lado, silencioso, dejándome que termine de cortar mis lazos contigo al tiempo que sostengo el juguete y me pregunto si podré contar todo lo relacionado con él, toda la verdad. Me siento como si estuviera en una película de animación experimental que vi en el Festival Anualmación del Carnelian: una chica en un camión sujeta en la mano otro camión, y dentro de él hay otra chica que sujeta otro camión, etcétera. Como si te dejara infinidad de veces. Aunque no las suficientes.

¿Quién sabe de dónde surgen las cosas, realmente? Cuando llegamos al parque esa noche, el fuego ya estaba encendido, ya había risas y griterío. Habíamos ido en la parte trasera del coche de no sé quién, apretujados y besándonos aunque había otra persona más en el asiento con nosotros, Todd, creo, pero no el Todd al que yo conozco. Cuando el coche se detuvo, había algo asombroso delante de nosotros, en el parabrisas, algo naranja y brillante frente a lo que parpadeaban sombras que se desvanecían, como un documental sobre el nefasto día venidero en el que el sol explota y la raza humana digamos que desaparece. Pero era solo el fuego y gente que corría delante de él, borracha ya o simplemente desenfrenada y frenética y liberada. Mi rostro debió reflejar que me parecía hermoso y magnífico.

—Te lo dije —exclamaste—. Sabía que te gustaría.

Me besaste y permití que pensaras, quería estar de acuerdo contigo, que tenías razón.

—Sería una maravillosa escena inicial —admití, con la mirada fija—. Ojalá tuviera una cámara.

—Te compré una cámara —me recordaste.

—¿Slaterton gastando dinero? —dijo el supuesto Todd—. ¿Su propio dinero de su propia cartera? Esto debe de ser serio.

—*Es* serio —afirmé, y extendí el brazo por encima de ti para abrir la puerta pensando, por qué no, dejemos que esa piedra ondule el estanque este fin de semana.

Habían salido incluso las estrellas. Del rincón donde la noche se mantenía vigilante llegaba frío y del otro extremo se acercaba a nosotros el muro de calor del fuego. Saliste del coche y se produjo un rugido procedente de la fiesta, todos aclamaban al victorioso segundo capitán. Dos chicas estaban sujetando un galgo de peluche, un descomunal muñeco gris como el que te regalaría un tipo que te mima demasiado, y lo lanzaron a la fogata provocando llamaradas y chisporroteos: la mascota del enemigo. Sus ojos, de plástico e inflamables, brillaban, «Sáquenme de aquí». Pero se escuchó una ovación más y bocinas de coches que llegaban, y luego, por supuesto, brotó la música, un pésimo rock tan grosero y aburrido como una papa gigante.

—Me encanta esta canción —exclamó Todd, como si fuera increíblemente atrevido que te gustara lo que es número uno en la radio, y empezó a cantar: *There's a storm raging inside my heart, tell me you and I will never part...* (Una tormenta ruge en mi corazón, dime que tú y yo nunca nos separaremos...). Los malencarados que siempre se encargan de la cerveza tocaron unas baterías invisibles. Tuve que admitir que era horrible pero perfecto, y puedo imaginar una película exactamente con la misma melodía sonando. Me abrazaste y luego me soltaste.

—*No* te separes de esto —dijiste deslizando mi mochila sobre mi hombro—. No pongas en el suelo nada que no quieras que acabe en el fuego. Voy a traer cerveza.

—Ya sabes que a mí no me gusta —te recordé. Ya te había contado que en la fiesta de los amargos dieciséis de Al había tirado la Scarpia's.

—Min —dijiste—, *te aseguro* que no querrás estar sobria para esto.

Y te fuiste, con la razón de tu parte, pensé. Permanecí un segundo de pie preguntándome «¿Y ahora qué?». Consideré sentarme sobre unos troncos que había tirados cerca, como si unos pioneros hubieran interrumpido la construcción de una cabaña en el último momento, pero «no pongas en el suelo nada que no quieras que acabe en el fuego», recordé, y, de todos modos, las enormes llamas me estaban haciendo señas con su luz pura, ineludible y poderosa. Me acerqué más, aún más. Podía imaginar una cámara junto a mi cara, dejando que la ondulante luz del fuego formara un atractivo reflejo en mi frente. Busqué en mis bolsillos algo que lanzar. Encontré mi boleto, el que me regalaste para el partido, y se convirtió en humo en un segundo. Continué fija, más fija, en el fuego, tan hermoso a mis ojos que incluso la música empezó a sonarme bien. Lo contemplé un poco más, con el cerebro tan concentrado en la fogata que me sobresalté al notar una mano sobre mi hombro.

—Estuviste a punto de acercarte demasiado —dijo Jillian Beach, tu maldita exnovia—. Es tu primera fogata, ¿verdad?

—Algo así —respondí sintiendo que cruzaba los brazos.

—Lo sabíamos —comentó la chica que la acompañaba—. Siempre ocurre lo mismo cuando alguien nunca lo ha visto antes, lo de acercarse demasiado. Es como si el fuego atrajera a las vírgenes, ja, ja.

Las dos me miraron con disimulo. Se me antojó una cerveza.

—Ja, ja —dije yo—. Es cierto, mi himen es extremadamente flamable.

Se rieron, pero solo un poco.

—Bueeeno —dijo Jillian con ese tonillo desdeñoso pero mordaz que emplea a veces, como un insecto que mordisquea una planta—. Ese comentario fue gracioso, pero algo raro.

—*Sucede todo el tiempo* —respondí, otra película que me encanta y que nunca verás.

Me examinaron. Ambas estaban más flacas que yo y al menos una, no Jillian, era también más guapa.

—Soy Annette —dijo la guapa.

—Min —dije retirando la mano cuando me di cuenta de que no iban a estrechármela—. Es el diminutivo de Minerva, la diosa romana de...

—Bueeeno —repitió Jillian de aquel modo—. En primer lugar, todo el mundo sabe quién eres, ya lo averiguaron. Y en segundo, cuando conoces a alguien, no hace falta que le des una charla sobre historia universal. Con Min basta. Más adelante les podrás contar tu historia clínica.

—Jillian está borracha —se apresuró a decir Annette—. Y además, ya sabes, ella y Ed estuvieron saliendo.

—Digamos que hasta *la semana pasada* —dijo Jillian—. Lo dices como si hubiera sido en mil ochocientos... lo que sea.

—Es su primera fogata desde entonces —explicó Annette—. Es difícil para ella.

—Tú lo estás haciendo difícil —escupió Jillian.

—*Jillian...*

—Yo ni siquiera quería acercarme a ella. *No quería.*

—Me la llevaré de aquí —exclamó Annette.

—No necesito tu ayuda para irme —dijo Jillian, aunque su caminar tambaleante mostrara lo contrario—. Encantada de conocerte, diosa griega del adiós.

Movió los dedos y la espuma de su cerveza cayó sobre los gruesos anillos de sus manos, el tipo de joyas que a mí no me van. Annette se acercó a mí y contemplamos cómo se alejaba a través de una columna de humo repentino —supongo que cambió el viento—.

—Lo siento.

—No, no pasa nada —dije—. Me encanta estar dentro de una telenovela.

—Esta noche parece que no hay elección —dijo Annette—. Cuando Jillian empieza con el vodka...

—Sé que lo de mi nombre es un poco estúpido —dije mirándome los zapatos—. Lo aprendí hace mucho tiempo y sigo diciéndolo. Debería parar.

—No, es genial.

—No, parezco una idiota.

—Bueno, es bonito que tu nombre tenga una historia. Yo soy simplemente Annette, como una Ann en pequeño, ya sabes. Si no te puedes permitir el Ann normal, tienes el Ann-*ette* rebajado.

—Hay una Annette DuBois —comenté.

—Oh, ¿sí? ¿Quién es?

—Una antigua actriz de cine —le expliqué—. ¿No has visto *Pídeme un taxi*? ¿O *Vigilante nocturna*?

Annette negó con la cabeza. Alguien lanzó unos tablones al fuego, pero aun así se percibía el olor a marihuana que llegaba desde detrás de un arbusto.

—*Pídeme un taxi* es maravillosa. Annette DuBois representa a una telefonista de radiotaxi que coquetea con todo el mundo a través de la emisora. El que más le gusta es Guy Oncose, pero un día entra en su taxi una actriz, Annette DuBois los escucha y piensa que Guy es un cretino.

—¿Que no está haciendo bien su trabajo?

—No, que es un cabrón. Un tipo que se porta mal con las mujeres.

—Eso lo son todos —dio un trago largo.

—Entonces ella empieza a darle los peores trabajos, a mandarlo a zonas peligrosas de la ciudad.

—Bueno, bueno, la veré.

—Es tan guapa... Annette DuBois lleva un sombrero que tú podrías... quiero decir que te verías genial con uno así.

Me sonrió con unos dientes tan brillantes que reflejaron pequeñas fogatas.

—¿De verdad?

—Absolutamente —respondí, pero ¿dónde estaba mi novio?

—Ed tiene razón sobre ti —dijo ella—. Eres diferente.

—Bohemia —añadí yo—. Lo sé. ¿Puedo beber un poco de lo tuyo?

Me pasó el vaso de plástico.

—Él nunca ha dicho bohemia.

—Y ¿qué ha dicho?

—Solo diferente. Le gustas, Min.

Di un sorbo, me gustó la cerveza, luego me repugnó, luego le di otro sorbo.

—No sabía que eran tan amigos.

—Soy... digamos que la única exnovia con la que habla.

—Claro —exclamé.

Lo había olvidado, si es que alguna vez lo había sabido, pero entonces recordé lo que todo el mundo sabía y me quedé paralizada, mordiéndome los labios junto a ella, agradecida de que la fogata hiciera que todos, no solo yo, pareciéramos estar ruborizados.

—Claro —repitió ella.

—Lo siento, yo...

—No pasa nada.

—Annette, lo dije sin pensar.

—Bueno. Ahora recuerdas algo más aparte de la película antigua, ¿no?

—Lo siento.

—Eso ya lo dijiste y ya respondí que no importaba. El baile de fin de cursos fue hace mucho tiempo.

—Sí.

—Sí —repitió ella—. Así que seguimos en contacto, Ed y yo.

—Eso está bien.

—Es lo que todo el mundo dice. Que es lo mínimo que podíamos hacer o algo así, al menos yo. Como si no hubiera pasado, o sí hubiera pasado pero menos. De todas maneras, somos amables el uno con el otro y él cuenta cosas realmente bonitas de ti.

—Bueno, gracias.

—Pensé que debías saberlo —dijo Annette.

Sus ojos brillaron en la noche, como si estuviéramos juntas observando el fuego, y yo me terminé su cerveza en vez de decir algo más. Seguí pensando, pensé en todo. Pensé en *Tres novias perdidas,* en la que tres mujeres que han estado casadas con el mismo hombre se encuentran por casualidad y planean asesinarlo, aunque al final —algo decepcionante en la película y ante lo que Al resopló con desdén— lo perdonan. El club de la exnovia, pensé, capítulo dedicado a Ed Slaterton; pensándolo bien, al final tendría que unirme a él, porque no es que fuéramos a salir para siempre. Quiero decir que ¿quién se atrevería a pensar algo así, *para siempre?* Alguna idiota que no supiera cómo funcionan las cosas. Pensé en que cuando veo a Joe por los pasillos, solamente lo saludo con la mano, algo que no podría considerarse seguir hablando con él, por no decir seguir siendo amigos como prometimos cuando terminamos. Pero sobre todo, entre las llamas y el estrépito del parque, traté de comparar mi vivencia de ese momento con la de antes, dándoles vueltas como un juguete en la mano, y ver cómo todo había cambiado igual que ahora contigo, una vez que tus amigos han desaparecido de mis viernes, ninguna fogata ilumina mis ojos en el parque y tú simplemente eres un exnovio delante de cuya puerta están a punto de tirar sus cosas. Porque en ese momento, mientras los tablones se desmoronaban y las chispas se elevaban hacia la luna, tú eras mi cita de esa noche, y tus amigos, tus ex, parecían viejas escaleras de madera, inestables y llenas de extraños crujidos, y solo podía confiar en algunos de ellos y solo después de ponerlos a prueba para asegurarme. Me encontraba en un verdadero universo, estrepitoso y sin ningún lugar donde poner mis cosas si no quería que acabaran quemadas. Sin embargo, antes, no tanto tiempo atrás —mi propia rosa del baile continuaba en el espejo, seca pero sin ser un cadáver—, tú eras simplemente Ed Slaterton, héroe del deporte, un chico guapo en el periódico estudiantil y protagonista de un millón de chismes. Ahora Annette era alguien real para mí, de pie a mi lado, y no solo un «oh, Dios mío, ¿te enteraste?», y tú te habías convertido en algo más violento y abrasador dentro de mi pecho, así que traté de unirlo todo en mi cabeza, la copia y el negativo, el novio y la sombra de la celebridad, como si Theodora Sire estuviera sentada a mi lado en clase de Historia pidiéndome prestadas las plumas pero fuera todavía una estrella de cine sobre mi cama. Porque mientras salías de la oscuridad para dirigirte hacia mí, eras el chico al que estaba besando y al que quería besar más, el que regresaba para reunirse conmigo en una fiesta como nadie podría hacer, pero eras también Ed Slaterton, aunque no el cabrón de ahora, sino simplemente Ed Slaterton, el segundo capitán, con una cerveza en la mano y Jillian Beach colgada del brazo.

—De acuerdo —estaba diciendo ella—. ¿Ves? Está perfectamente. Puedes hablar conmigo un minuto sin que tu preciosa *Minerva* desaparezca.

—Por Dios, Jillian —exclamó Annette.

—Hola —me saludaste—. Perdona que haya tardado. Te traje una cerveza.

—Ya me tomé una —respondí levantando el vaso vacío.

—Entonces esa es para mí —dijo Jillian agarrándote la mano en la que sujetabas la bebida.

Tú la apartaste, Ed, pero no lo suficientemente deprisa, así que fue Annette la que acudió al rescate.

—Vamos —dijo arrastrando a Jillian—. Iremos por cerveza para las dos.

—La buena solo se la dan al capitán —exclamó ella.

—Segundo capitán —la corregiste, qué idiota, con una respuesta totalmente obvia.

—*Jillian* —insistió Annette—. Hasta luego, Min.

—*Min* —dijo Jillian en tono burlón—. La bohemia *culturosa* en una fogata. ¿Cuánto durará esta historia?

Pero Annette se la llevó igual que la gruñona Doris Quinner al final de *La verdad en juicio*. Tiré el vaso vacío. Tú me pasaste la cerveza que habías traído.

—Lo siento de verdad —te disculpaste.

—No pasa nada —es lo que me salió entre dientes.

—Sé que estás enojada —dijiste—. Debí haberte llevado conmigo. Todo el mundo quería saludarme. Lo hacen con cada partido que gano.

—Está bien.

—Pero quería darte una sorpresa, es lo que fui a buscar.

—¡Una sorpresa! —exclamé—. ¡Una cerveza al lado de una fogata!

—Eso no.

—¡Una sorpresa! —repetí—. ¡Tu exnovia gritándome borracha!

Sacudiste la cabeza.

—Ella está... —dijiste—, bueno, Jillian está bien, pero no es posible que sientas celos de ella. Mírala.

—La mayoría de los chicos diría que es guapa —repliqué.

—Eso es porque ha salido con la mayoría —añadiste.

—Incluido *tú*.

Te encogiste de hombros, como si hubiera sido algo inevitable porque ella estaba ahí, en bandeja. Pero entonces sacaste la mano que escondías atrás de la espalda y deslizaste esto sobre la mía, pequeño, pesado, frío, con las uñas sucias y los dedos rodeándolo hasta que lo alcé hacia el resplandor del fuego.

—Un camión de juguete —exclamé, aunque, para serte sincera, me sale fatal lo de hacer pucheros y ya te habías ganado mi corazón con este gesto, que sabías calmaría la situación.

—Sé que es una tontería —dijiste—, pero siempre los busco cuando vengo aquí. Y tú, Min, tú eres la única chica, la única *persona,* que podría entenderlo. Sin ofender. Espera, olvida que dije esto último, mierda. Pero lo eres, Min.

Fui incapaz, por supuesto que lo fui, de *no* sonreír.

—Cuéntamelo —dije.

Suspiraste y te encogiste de hombros.

—Bueno, los chicos los pierden. Los niños traen sus coches favoritos para jugar a los embotellamientos y los choques junto a la pared de allá, en la zona curva al lado de donde está la arena. ¿La ves?

Estabas señalando hacia la más absoluta oscuridad y no se veía nada de nada en aquella dirección. ¿La ves? Habías dicho «embotellamientos y choques» como si fuera algo real que todo el mundo dijera, como «Segunda Guerra Mundial» o «amor a primera vista».

—¿Y...?

—Y es lo mismo que yo hacía —me explicaste—. Los traía y, por supuesto, algunas veces los perdía, o un niño me los robaba, uno más grande, como un bravucón, o simplemente los olvidaba enterrados en un montón de arena. Min, sé que suena tonto, pero aquellos eran mis momentos de mayor tristeza. Lloraba a mares cuando me daba cuenta y le suplicaba a mi madre en plena noche que me trajera para poder recuperarlos. Nadie lo entendía, me decían «es solo un juguete» o «tienes un montón de coches» o «es responsabilidad tuya cuidar de tus cosas». Pero cuando los perdía, sentía que me perdía sin ellos... Así que ahora siempre los busco y *siempre,* Min, *siempre* puedes encontrar al menos uno. Y sé que resulta extraño, o incluso mezquino, porque probablemente debería dejarlos aquí por si acaso... aunque si alguna vez logré regresar por la mañana, siempre habían desaparecido. Se los devolvería si pudiera, no torturaría de ese modo a nadie, a cualquier niño que los hubiera perdido. Pero esto me parece mejor, como si fuera lo adecuado. Los busco y trato, siempre he tratado, de regalárselos a alguien, alguien que no piense «Slaterton está loco». Sé que es una estupidez, como si de algún modo pudiera compensar todos los que perdí, es una estupidez...

Entonces te besé, con una mano sujetando fuertemente el pequeño camión y la otra en tu pelo, todavía corto y todavía sin peinar como cuando eras un niño pequeño y llorabas en este mismo parque. Te besé apasionadamente, como si eso también lo compensara, como si fuera lo adecuado en este desenfrenado y extraño viernes por la noche.

—¿Qué tal va tu primera fogata? —me susurraste al oído.

—Ha mejorado —respondí.

Más besos, más.

—Pero ¿mañana será mi turno? —pregunté—. ¿Mañana?

—¿Tu turno?

Traté de no pensar en Jillian («¿Cuánto durará esta historia?»), en mis amigos con el ceño fruncido frente a su queso mal derretido.

—Mi turno, mi vez, como quieras decirlo. Como en los columpios. Lo que *yo* elija hacer.

—¿Otra película?

—Si hay tiempo, pero sin duda ir a Tip Top Goods, ¿te acuerdas? Te lo dije y me aseguraste que Joan te prestaría el coche.

—Sí. Lo que tú quieras.

—Mañana.

—Mañana.

Más besos.

—Pero esta noche aún no ha terminado —dijiste.

—Es cierto. ¿Qué podemos...?

—Bueno, Steve trajo el coche.

—¿Ya nos vamos?

Me miraste, Ed, *directamente.*

—No —respondiste, y yo asentí con la cabeza, sin fiarme de lo que mis labios pudieran decir, dando simplemente otro sorbo. Aunque, por supuesto, luego hicieron algo más. Nos fuimos al coche de Steve. Esta es otra cosa en la que pienso, dándole vueltas, intentando unir dos imágenes, pero esta vez mías, soy yo misma a quien trato de comprender. Porque una resulta muy desagradable, ni siquiera apta para contársela a Al: ganar el gran partido, llevar a la virgen a su primera fogata, invitarle una cerveza o dos y luego nosotros dos en el coche de alguien con tu mano entre mis piernas, con la ropa desabrochada y bajada, y los ruidos que hice, antes de que por fin, con la respiración entrecortada, te detuve. Suena horrible y es probable que sea la verdad, la imagen real, tan burda cuando escribo sobre ella que me avergüenzo. Pero estoy tratando de mostrar la realidad, como sucedió, y honestamente me pareció diferente entonces, diferente de esa desagradable imagen. Puedo ver la suavidad con la que te movías, la excitación que suponía estar ahí contigo sin que nadie supiera dónde nos encontrábamos ni lo que estábamos haciendo. Fue distinto y hermoso, Ed, el modo en el que nos movíamos y nos tocábamos, no éramos solo dos chicos fajando como en una película. Incluso ahora es lo que intento imaginar, y no solo los besos y la ropa y el tranquilo, tenso y raro momento posterior, preguntándonos lo tarde que era, dando gracias al cielo de que no hubiera ningún golpeteo cruel en la ventanilla rodeado de risas. Pero no solo eso, sino también las cosas que no puedo recordar, que no puedo soportar recordar, y las cosas que no vi hasta que finalmente llegué a casa y encendí la luz del baño, primero para mirar mi reflejo y luego mi mano lastimada con unas extrañas magulladuras en la palma, dolorosas, que casi me rompían la piel. Casi las puedo sentir ahora, mientras sujeto este camión de juguete, aquellas marcas producidas en la parte trasera de aquel coche por aferrarme con tanta fuerza, jadeando y con una alegría salvaje, a este extraño objeto que me diste y que no soporto mirar de nuevo.

Ed, ¿conoces —no, claro que no— *Como la noche y el día,* esa película de vampiros portuguesa que el Carnelian proyectó durante toda una semana? Por supuesto, no fuiste a verla. Yo la vi dos veces. Se trata de una chica que tiene un aburrido empleo como oficinista y que regresa a casa por un cementerio, soñando. Un día se le hace de noche, conoce a un vampiro y durante un tiempo queda con él cada noche. Luego suena música y ella sueña lo mismo que él mientras llora en su tumba: un baile de referencias católicas y calaveras incomprensible. Luego, *ella* es el vampiro y él, un joven oficinista, y la aventura amorosa comienza de nuevo, pero un día hay un eclipse y todo acaba en tragedia y cenizas. Cuando arrastré a Al para verla por segunda vez y le dije que era imposible ver *Como la noche y el día* y no tener ninguna opinión al respecto, él contestó por fin que opinaba que debería haberse titulado *Lo hicimos al anochecer.* Y es cierto que las escenas amorosas tienen una luz extraña, como un espacio intermedio en el que los personajes se enfrentan y acostumbran al aturdimiento que les produce soñar con una vida. Era la misma iluminación que cuando me recogiste a las siete en Steam Rising, mi tercera cafetería favorita pero la mejor cerca de mi casa. Los amantes portugueses se separan aturdidos y mordisqueados, sin saber qué sucederá a continuación, como yo tampoco sabía lo que nuestro encuentro nos depararía en aquel extraño amanecer. Las calles estaban tan silenciosas como un cementerio y nosotros nos habíamos besuqueado en el coche de Steve y yo tal vez lo había estropeado todo, pensé, había equivocado mis entradas a escena, ignorando junto a la fogata la forma en la que habías cacheteado a mis amigos con aquella elección en la rocola. O tal vez simplemente estaba cansada. Esperaba que funcionara, que siguiera funcionando, aunque tal vez todo hubiera cambiado desde que me dejaste en casa a la una de la madrugada. Simplemente cansada, pensé, mientras seguía preocupada bajo la marquesina con una intensa lluvia que no ayudaba en absoluto, y entonces me apresuré hacia el coche de tu hermana cuando te detuviste, con el paraguas bajo el brazo porque no podía sostenerlo en alto al mismo tiempo que nuestros dos cafés.

—Hola —dijiste—, quiero decir, buenos días.

—Hola —respondí, e hice un gesto con el rostro mojado de «hagamos como que nos hemos besado».

—No puedo creerlo.

—¿Qué?

—¿*Qué*? Lo temprano que es. ¿En qué estabas pensando?

—Bueno, es lo que tiene el Tip Top Goods. Es mágico, pero los horarios son como de otro mundo. Solo los sábados, de siete y media a nueve de la mañana.

—Así que, ¿ya has estado allí antes?

—Solo una vez.

—Con Al.

—Sí, ¿por qué?

—Nada. Es que...

—¿Qué?

—Que anoche me hiciste una buena, por lo de Jillian.

—Porque me gritó toda borracha, sí.

—Pero tú hablas de Al todo el tiempo y se supone que no debo ponerme celoso, solo es un comentario.

—¿Celoso? Yo nunca he salido con Al. Es un amigo, solo un amigo. Es distinto.

—Bueno, celoso no, pero ni siquiera incómodo, creo que eso es a lo que me refiero.

—Porque él *no* es, no ha sido mi novio.

—Si no es homosexual y sale contigo todo el tiempo, es que le gustaría serlo. O es tu novio o quiere serlo o supongo que es gay. Esas son las opciones.

—¿Cómo? ¿Dónde aprendiste eso?

Me lanzaste una sonrisa malhumorada. Dejé de agarrar el café con tanta fuerza y solté el paraguas en mi regazo.

—En el Instituto Hellman —contestaste.

—Bueno, pues esas no son las opciones —dije yo—. Existen los amigos.

—Está bien.

—Está bien, entonces...

—¿Qué?

—Que... por qué...

—¿Que por qué estoy actuando así?

Me preparé para la respuesta, casi con los ojos cerrados.

—Sí.

Me sonreíste con un suspiro.

—Supongo que estoy cansado. Es temprano.

—Por eso te traje un café.

—Yo no tomo café.

Te miré fijamente un segundo.

—¿Cómo?

Te encogiste de hombros y giraste el volante.

—Nunca le he agarrado el gusto.

—¿*El gusto*? ¿Alguna vez has *tomado* café?

—Sí.

—¿De verdad?

Te detuviste en un semáforo en amarillo y observaste el mundo entre el vaivén de los limpiaparabrisas. Tomé un sorbo de mi vaso. Era temprano también para mí. Había tenido el tiempo justo para darme un baño y garabatear un «Salí» a mi madre; por suerte había dejado elegida la ropa cuando por fin nos dijimos adiós y estuve deambulando por la habitación pensando en nosotros.

—No —confesaste por fin—. Me refiero a no realmente. He dado sorbos, por supuesto. Pero siempre... bueno, nunca me ha gustado, así que cuando todo el mundo lo está tomando, yo...

Suspiraste enseñando los dientes.

—¿Qué?

—Lo tiro.

Sonreí.

—¿Qué pasa?

—Nada —respondí.

—Tú haces lo mismo con la cerveza.

—Sí.

—Y además, el entrenador asegura que el café es malo.

—A diferencia de beber todos los fines de semana.

—Te impide crecer.

—Estás en el *equipo de basquetbol.*

—Y te puedes hacer adicto a la cafeína.

—Claro —dije dando otro sorbo—, puedes ver a los adictos a la cafeína viviendo bajo el puente.

—*¡Por favor!* Sabe asqueroso.

—¿Cómo lo sabes? Lo tiras. Escucha, ¿no te sientes terriblemente cansado?

—Sí, ya te lo dije.

—Entonces prueba esto. Con mucha leche y tres de azúcar, como yo lo tomo.

—¿Cómo? No. Tiene que ser *solo.*

—Tú no tomas café, acabas de decírmelo.

—Aun así, sé eso. Tiene que ser solo, de cualquier otra manera es para chicas y maricones.

—Ed —dije yo—, mírame.

Volviste los ojos hacia mí, con la barbilla sin rasurar y el pelo mal peinado, la mañana grisácea detrás de ti, también hermosa. Traté de cambiar tu actitud.

—Debes... olvidarte... de esa onda de los gays.

—Min...

—Entra en el siglo XXI.

—Está bien, está bien, ya entro.

—Especialmente con Al, ¿de acuerdo?

—De acuerdo.

—Porque él no lo es.

—Dije que de acuerdo.

—Y la gente se lo dice constantemente.

—Entonces debería dejar de echarle leche al café.

—*Ed.*

—De acuerdo, de acuerdo, de acuerdo, lo siento, lo siento, lo siento.

—Ya resulta bastante complicado sin que estés insultando a mi amigo sin parar.

—Min...

—Y no, no, no digas «sin ánimo de ofender».

—Lo que iba a decir es... ¿qué resulta complicado?

—Ya lo sabes.

—No, no lo sé.

—*Esto.* Tú y yo, y todas nuestras diferencias. Ir a una fogata y sentirme fuera de lugar y que ahora tú hagas algo que realmente no quieres, solo por mí. Es como una película de vampiros portuguesa.

—¿Cómo?

—Somos *diferentes,* Ed.

—Eso es lo que no dejo de decirte. Y tampoco dejo de decirte que me gusta. *Quiero* venir aquí, Min. Solo que... bueno, las diez y media habría sido perfecto. Estoy cansado, es todo.

—¿De verdad?

—Sí, *de verdad.* Realmente, *realmente* cansado. Me tuviste despierto hasta tarde.

Con un *shhhh,* las ruedas del coche que ibas conduciendo, el de Joan, atravesaron un charco. Sonreí, te quería, y me mordí el labio para evitar decirlo.

—Pero valió la pena —aseguraste.

Te besé.

—¿Fue nuestra primera pelea?

Te besé de nuevo.

—Sabes bien.

Me reí.

—Bueno, es el café con mucha leche y tres de azúcar.

—Pues si sabe así, dámelo.

Te lo acerqué. Lo agarraste, bebiste un sorbo, luego otro y parpadeaste. A continuación, diste un trago largo, largo.

—Te lo dije.

—Dios mío.

—¿Estás bien?

—Esto es...

—Un brebaje revitalizante, así lo llamamos Al y yo.

—Está absolutamente delicioso, aunque sea una palabra de maricones, ups, lo siento, sin ofender, lo siento de nuevo. ¡Delicioso! *¡Carajo!* Es como una galleta, sabe como una galleta haciéndolo con una dona.

—Pues espera a que la cafeína te haga efecto.

—Voy a tomar esto todas las mañanas de mi vida y cuando lo haga, voy a gritar: «¡Min tenía razón y yo estaba equivocado!».

De hecho, lo gritaste. Me pregunto si ahora lo dirás todas las mañanas, Ed. Bueno, no me lo pregunto porque sé que no lo haces, aunque espero que pienses en ello mientras permaneces callado. Lo piensas, ¿no?

—Así que —dijiste asintiendo mientras yo te indicaba la desviación— ¿le invitaste a Al un brebaje reconstituyente cuando lo trajiste a este lugar de locos?

—*Revitalizante.* Seguramente. Habíamos estado despiertos toda la noche, porque era la única manera de tener levantado a Al a esta hora.

—La única manera de tener levantado a *cualquiera*. Y ¿qué hicieron durante toda la noche?

—Me llevó a una orgía.

La intermitente hizo *tic, tic, tic.*

—Me estás molestando, ¿verdad?

—Me acosté sobre todo con chicas. Un montón de chicas desnudas practicando sexo en una orgía. Por supuesto, sé que prefieres no pensar en algo así porque eres homófobo.

—De acuerdo, me estás molestando.

—Y Al se acostó con todas tus novias y todas aseguraron que él les gustaba más.

Me diste un manotazo y yo solté un alarido al ver la pequeña salpicadura de café que había aterrizado en el cuello de mi camisa. Nunca se le quitó.

—¿Sabes qué? —dijiste—, nunca estoy seguro de si estás tomándome el pelo o te enojaste o lo que sea.

—Lo sé, Ed.

—No había conocido a ninguna chica, ni a nadie, que hablara de este modo. ¿Es eso por lo que... es eso lo que querías decir con complicado?

Te alboroté el pelo. El café estaba caliente y empapó la tela hasta mojarme el cuello, pero no me preocupó. Te había gustado su sabor.

—No quería decir nada —aseguré—. Solo estaba cansada, yo también.

—Pero ahora no.

—No —afirmé dando otro sorbo.

—Yo tampoco.

—Es por la cafeína.

Dejaste el coche en neutral y sacudiste la cabeza.

—No —dijiste—, no es solo por eso.

—¿No?

Seguías sacudiendo la cabeza.

—Yo creo que hay algo más.

Lo había, Ed. Atravesamos la calle corriendo en dirección a Tip Top Goods, con el paraguas bajo el brazo porque no podía sostenerlo en alto al mismo tiempo que el vaso de café y tu mano. Estaba abierto, las nuevas lámparas de vidrio colocadas en fila sobre un lustroso banco chino de color rojo, alineadas junto a la ventana, lanzaban su vistosa luz hacia nosotros por primera vez y el habitual cartel de TIP TOP GOODS ABRE SOLO LOS SÁBADOS DE 7.30 A 9.00, SIN EXCEPCIÓN había sido sustituido por el de ABIERTO, LO CREAS O NO. El interior era como el de un palacio, Ed, con sombrillas y animales disecados en el techo, maniquíes vestidos como gitanos sentados en el diván del opio y escribiendo postales antiguas con valiosas plumas, las alfombras sobre las paredes, el papel pintado en el suelo, el propietario en las nubes con su shisha y su boina negra, sonriendo por nada, y justo cuando entramos, todavía sonriendo, este libro sobre un montón de bandejas plateadas: *Auténticas recetas de Tinseltown.* Como cosa del destino, fue la sensación que tuve mientras permanecía de pie en la tienda, sin aliento y con esto en mis manos. Ahora, por supuesto, siento que no fue el destino sino la *fatalidad,* ya que fue fatal y un error que leyéramos aquella receta y nos entusiasmáramos y compartiera contigo mis planes de ensueño. Afuera el cielo se despejó de forma tan repentina y mágica como un vampírico atardecer portugués acompañado de pájaros con penachos y una banda sonora con arpa. No duró, no estuvo despejado mucho más tiempo, y por eso rompimos, pero al cerrar este libro para devolvértelo, no pienso en eso, sino en nosotros sujetándolo entre las manos para comprarlo y traérnoslo, porque, maldita sea, Ed, esto no fue por lo que rompimos. Me encanta, lo echo de menos, odio devolvértelo, esta cosa complicada es por la que permanecimos juntos.

LENTAMENTE, LENTAMENTE,
CON CUIDADO

El sol brilló ante nosotros y nosotros le respondimos pestañeando. En el exterior, notamos un delicioso aroma a hojas, un aire limpio y agradable de respirar, así que cruzamos hacia el Boris Vian Park y contemplamos lo que teníamos al frente. Era mágico, y suficientemente temprano para que el parque estuviera silencioso, con un ambiente tranquilo y extraño parecido al de la escena de *Con mis propios ojos* en la que Peter Klay escapa de los dos inspectores gemelos que lo han estado interrogando y se esconde detrás de una estatua, una mujer alada a caballo, y entonces oye un crujido entre los arbustos y aparece un unicornio entre el césped brumoso. Esa fue la sensación que tuve en el Boris Vian Park, que cualquier cosa podía suceder.

Los bancos estaban demasiado húmedos, incluso después de que hicieras aquello tan descabellado y caballeroso de sentarte y deslizarte con un ridículo contoneo para tratar de secarlo con tu magnífico trasero en *jeans*, mientras la cafeína de tu primer café de verdad recorría tu cuerpo y me hacía reír como un bebé entre burbujas. Pero aun así no me senté, estaba todavía demasiado húmedo, así que nos mojamos los zapatos bajando la ladera hasta la amplia curva donde hay un sauce llorón. Tuve una intuición. Separé las ramas para abrirnos paso igual que haces —*hacías*— a veces con mi pelo y ahí estaba, un pequeño espacio verde seco y protegido de la lluvia. Nos deslizamos dentro y nos arrodillamos en el suelo, todo cubierto de hojas secas y tierra marrón porque no había entrado nada de agua, únicamente el sol, que proyectaba sombras a través de las ramas para mantenernos a salvo y ocultos.

—Guau.

—Vaya —dijiste.

—Es el lugar perfecto —añadí— y el libro perfecto. Es *perfecto*, Ed.

Alzaste los ojos hacia la luz que nos rodeaba por todas partes y luego me miraste, largo rato, hasta que sentí que me ruborizaba.

—Lo es —afirmaste—. Ahora dime por qué.

—¿No lo sabes...? Pero acabas... acabas de gastarte cincuenta y cinco dólares en este libro.

—Lo sé —respondiste—. No es nada.

—Pero, ¿no sabes por qué?

Seguías mirándome, con las manos temblorosas en torno al vaso de café.

—Para hacerte feliz —fue lo único que dijiste, y de repente, Ed, tus palabras me dejaron sin respiración. Mantuve las manos sobre el libro, que había estado deseando abrir, paralizada por la alegría de escucharte y sin querer que callaras—. Min, ¿sabes lo que estaría haciendo ahora?

—¿Cómo?

—Los fines de semana, quiero decir.

—A esta hora, los sábados, apuesto a que normalmente estás dormido.

—Min.

—No lo sé.

Te encogiste de hombros profundamente, despacio, igual que si me estuvieras mostrando cómo actúa la confusión.

—Yo tampoco lo sé realmente —dijiste—. Ver una película tal vez, salir por ahí a algún sitio. Por la noche, estar en el porche de alguien con un barril de cerveza. Y partidos, fogatas. Nada interesante.

—A mí me gustan las películas.

Sacudiste la cabeza.

—No de ese tipo, pero no se trata de eso. No estoy... no sé cómo explicarlo. Cuando Annette pregunta, cuando ella me pregunta «¿por qué esta chica es diferente?», la respuesta es siempre larga, porque es largo de contar.

—Mi historia es larga.

—No como las de clase de Lengua. Estaba tratando de decírtelo en el coche, antes. Es solo... mira dónde estoy. Nunca había estado en ningún sitio como este con Jillian, ni con Amy, o Brianna, o Robin...

—No enumeres el desfile completo de rubias y todo lo demás.

—Todo lo demás —miraste hacia arriba, entre las ramas, mientras el último par de gotas de lluvia, como diminutas estrellas, estaba a punto de evaporarse y desaparecer—. Todo es distinto —dijiste—. Min, lo has cambiado todo para mí. Todo es como el café que me hiciste probar, mejor de lo que jamás imaginé... o los lugares que ni siquiera sabía que estaban ahí, en la calle, ¿lo entiendes? Me siento como en esa peli que vi cuando era pequeño en la que un niño escucha un ruido debajo de la cama y encuentra una escalera donde nunca la había habido, y baja y entonces, sé que es para niños, empieza a sonar una canción... —tus ojos estaban recorriendo la luz que penetraba a través del árbol.

—La dirigió Martin Garner —susurré.

—Min, me gastaría cincuenta y cinco dólares en cualquier cosa para ti.

Te besé.

—Y pregúntale a Trevor, para mí decir *cualquier cosa* como si nada es algo casi increíble.

Otro beso, otro beso.

—Así que explícame, Min, ¿en qué gasté el dinero?

Me apresuré a abrir el libro, *Auténticas recetas de Tinseltown*.

—¿Te acuerdas del afiche que me regalaste?

—No tengo ni idea de lo que es un afiche.

Coloqué la mano sobre tu rodilla, que *tembló, tembló, tembló*.

—Lo siento, es el café.

—Lo sé. Un afiche es la fotografía de Lottie Carson que tomaste del cine.

—¿Esa fotografía que robé?

—No son simplemente fotografías. En el reverso, incluyen a veces información sobre los protagonistas: todas sus películas, los premios que han recibido si es que han ganado alguno. Y, esto es a lo que quiero llegar, la *fecha de nacimiento*.

Posaste tu mano sobre la mía y movimos las dos juntas hacia mi pierna, también temblorosa.

—No lo capto.

—Ed, quiero organizar una fiesta.

—¿Qué?

—El 5 de diciembre Lottie Carson cumple ochenta y nueve años.

Permaneciste callado.

—Quiero organizar una fiesta para celebrarlo. Para *ella*. Podemos invitarla, la seguimos hasta donde vive, así que sabemos su dirección, para enviarle la invitación.

—La invitación —repetiste.

—Sí —exclamé—, ya sabes, para invitar a la gente.

—Nunca he organizado una fiesta como esa —replicaste.

—No me digas que es de gays.

—De acuerdo, pero no creo que pueda...

—Vamos a hacerlo *juntos,* Ed. Lo primero de todo es pensar dónde hacerla. Mi madre odia que haga fiestas, y además debería ser en un sitio resplandeciente, ya sabes, elegante. Lo de la música es sencillo, Al y yo tenemos algunos discos de los años treinta.

—Joan también —dijiste.

—Podríamos poner todo de jazz, así resultaría glamuroso, incluso aunque no sea lo más adecuado. Necesitamos champán, si podemos conseguirlo.

—Trevor puede conseguir cualquier cosa.

—Y ¿Trevor lo haría para algo como esto?

—Si se lo pido yo...

—Y ¿se lo pedirías?

—¿Para ti?

—Para la fiesta.

—Para esta fiesta tuya, sí, de acuerdo. Y entonces, ¿para qué es el libro?

—¿El libro de los cincuenta y cinco dólares?

—El libro de los cincuenta y cinco dólares, sí.

Te toqué.

—¿El libro de los cincuenta y cinco dólares que compraste para mí?

—Min, me encanta comprarte cosas, pero ya deja lo de los cincuenta y cinco dólares, que me va a dar un ataque al corazón.

—Está bien, bueno, pues lo estuve hojeando mientras tú jugabas con aquella espada de samurái...

—Que era *genial*.

—... y es *perfecto*. Mira la tipografía que usaron aquí. *Aperitivos*.

—No sé lo que es una tipografía.

—La fuente.

—De acuerdo.

—De acuerdo, pues todo el libro es de recetas proporcionadas por estrellas de cine. Y mira por dónde lo abrí en primer lugar.

—Parece un iglú.

—*Es* un iglú. Se trata de una receta de Will Ringer, el iglú de Greta con huevos cuadrados, ¡inspirado en *Greta en tierras salvajes!*

—Claro...

—... sí, nuestra primera cita. La película que vimos.

En vez de besarme, sujetaste mi rostro. Todo estaba tan en calma ahí dentro, excepto tu respiración, con olor agrio y acelerada por el café.

—Así que ¿vamos a preparar esa cosa extraña?

—No solo esa —respondí, y pasé algunas páginas—. Mira esto.

—Vaya.

—Sí, guau. Galletas con Pensieri y azúcar robada de Lottie Carson. Estas delicias, cuenta la Belleza Cinematográfica de

Estados Unidos, nacieron de la necesidad, ya que creció en una familia sin recursos. «Mi madre, bendito sea su buen corazón, hacía cualquier cosa para mantenernos a los nueve hermanos alimentados y felices, y cuando la situación se ponía difícil, robaba azúcar del club de *bridge* de la señora Gunderson. Esa vieja bruja la contrataba para limpiar después de sus reuniones y mi madre vaciaba el azucarero en su bolso, iba a Saint Boniface, se confesaba y luego preparaba rápidamente una tanda de estas galletas, que nos estaban esperando bien calientitas cuando volvíamos a casa del colegio. El glaseado está elaborado con Pensieri, un licor que Papi se permitía todos los viernes. Perdóname, Padre... pero ¡no están tan buenas si el azúcar no es robado!».

Tenías una sonrisa malévola y atractiva.

—Así que vamos a robar azúcar —dijiste.

—¿Lo harías? ¿Podemos?

—Claro, aquí cerca hay un restaurante, el Lopsided's. Pero la tienen en esos cacharros grandes.

Te recorrí con la mirada, y luego a mí.

—En Thrifty Thrift seguramente encontremos un abrigo, algo así como un gabán por cinco dólares. *Eso* será lo que yo te compre, con unos bolsillos grandes y profundos. De todas maneras, necesitas otro abrigo, Ed. No puedes ir todos los días disfrazado de jugador de basquetbol con esa chamarra.

—*Soy* jugador de basquetbol.

—Pero hoy eres un ladrón de azúcar.

—Robamos el azúcar para las galletas —enumeraste con los dedos y voz aritmética—, conseguimos que Trevor consiga el champán y tú, Joan y Al se encargan de la música.

—El iglú —te recordé.

—El iglú —repetiste—, pensar dónde hacer la fiesta y enviar la invitación a esa actriz de cine a la que seguimos.

—Cinco de diciembre. Dime, *por favor,* dime que ese día no tienes partido.

Me retiraste el pelo de la cara. Yo te besé y luego me aparté para observar tu boca. Surgió pequeña, insegura de sí misma, pero era una sonrisa.

—Recuerda —dijiste— que no estamos seguros de que sea ella, así que es una locura...

—Pero estamos de acuerdo, ¿verdad?

—Sí —respondiste.

—Sí —repetí—, e incluso si no fuera...

—¿Incluso si no fuera?

—Tal vez esa fecha te resulte familiar. Cinco de diciembre.

Te mordisqueaste el labio extrañado y luego te quedaste paralizado, mirando el suelo cubierto de hojas.

—Min, me dijiste que tu cumpleaños, juro por Dios que lo recuerdo, no era hasta...

—Nuestro aniversario, hace dos meses que empezamos a salir.

—¿Qué?

—Será nuestro aniversario, eso es todo. Dos meses desde *Greta en...*

—¿Ya piensas en esas cosas?

—Sí.

—¿Todo el tiempo?

—Ed, no.

—Pero, ¿algunas veces?

—Algunas veces.

Suspiraste profundamente.

—No debí habértelo dicho —me apresuré a decir—. ¿Estás...? Te estás espantando.

—Me estoy espantando —fue lo que respondiste, si es que lo recuerdas, porque algo me indica que podrías haber decidido recordarlo de otro modo—. Me estoy espantando de no estarme espantando.

—¿De verdad?

El modo en que sonreías me cortó de nuevo la respiración.

—Sí.

—¿Nos vamos?

—De acuerdo, a robar el azúcar. Oh, espera, primero lo del abrigo.

—Mierda, Thrifty Thrift no abre hasta las diez. Lo sé por experiencia. Tenemos que esperar.

Entonces, me besaste en aquel maravilloso lugar con confianza, con alegría, sin encogerte de hombros, con avidez, deseoso.

—Madre mía —exclamaste parpadeando con asombro fingido, alejando tu café de nosotros tanto como pudiste—, me pregunto qué podemos hacer mi novia y yo durante una hora o así en un lugar escondido del parque.

Clark Baker no podría haberlo expresado mejor. Esta fue la primera vez que estuvimos los dos desnudos, con nuestra ropa apilada en montones separados y sentados el uno al lado del otro, tan próximos que en una toma cenital habría sido difícil saber, ver, de quién era cada mano y dónde descansaba, mientras la luz jugueteaba y resbalaba hacia nosotros a través de la brisa, que nos ponía la piel de gallina. Estabas tan atractivo desnudo bajo aquella hermosa luz verdosa, como una criatura que no fuera de este mundo, incluso con algunas salpicaduras de lodo en las piernas, sobre todo después. Respirabas cada vez más lentamente, un ligero sudor, o quizá solo humedad de mi boca, empapaba la parte baja de tu espalda y tus manos permanecían ahuecadas tímidamente entre tus piernas hasta que te animé a retirarlas para poder mirarte y empezar de nuevo. Y yo, nunca me había sentido tan hermosa, bajo la luz y en tus brazos, casi llorando. Dos últimos tragos de tu café frío y nos vestimos para marcharnos, tratando de sacudir todo lo que pudimos: calcetines reacios a desenrollarse, mi *brassiere* con las varillas heladas, la camisa, el abrigo. Pero en ese momento tenía calor, gracias al resplandeciente sol y a todo lo demás, así que enrollé la chamarra, la sujeté bajo el brazo mientras abandonábamos el Boris Vian Park y aquel chico del carrito se preguntaba de dónde habíamos salido, y la dejé en el coche de tu hermana el resto del día, así que hasta que no regresé a casa, subí las escaleras dando pisotones, respondiendo a gritos a mi madre, aburrida, y la tiré sobre la cama, no vi cómo saltaba esto desde algún lugar hacia el suelo de mi habitación. Lo recogí y me ruboricé al pensar cómo se había entremezclado con mis cosas. Lo coloqué en el cajón, lo que quiera que fuera, luego en la caja y ahora te toca a ti ruborizarte y lamentarte. Quién sabe, tal vez sea una semilla de algún tipo, un fruto, una vaina, un unicornio que cabalgaba entre el espacio boscoso donde nos recostamos juntos. Ponlo en agua, podría haberlo hecho yo, haberlo cuidado, y quién sabe lo que habría crecido, lo que habría sucedido con esta cosa del parque donde te amé, Ed, tanto.

Y este es el abrigo que te compré, tan contenta de gastarme ocho dólares.

—A ver qué podemos esconder aquí dentro —dijiste arrastrándome hacia ti.

Nos reímos como tontos mientras lo abotonabas alrededor de los dos y me besabas acurrucada contra tu cuerpo, y trataste de caminar de aquel modo hasta la caja registradora, con andares de vagabundo de vodevil, al tiempo que yo te besaba e inclinaba la cabeza hacia atrás, hasta que pensé que los botones iban a estallar y me aparté de tu lado para abrir el bolso, y te miré, Ed, te miré.

Tan —jodidamente— hermoso.

—¿Te lo pondrás para ir a la escuela?

—Ni lo sueñes —te reíste.

—*Por favor.* Mira el estampado. Puedes decirle a la gente que te obligué a hacerlo.

—Después de la travesura del azúcar no quiero volver a verlo jamás.

Aquí lo tienes, Ed. Yo a ti tampoco.

Para dejar de mirarte fijamente, jugueteé con el azúcar hasta que detuviste mi mano con las tuyas.

Parte del azúcar se ha caído y se ha desparramado por el fondo de la caja, así que todo quedó salpicado de dulzor, al contrario de como yo me siento. Aunque seamos realistas, salió sin problemas. En Lopsided's nos sirvieron el desayuno: fruta y pan tostado para mí, dos huevos con tocino, salchichas, tortitas de papa, un pequeño montón de *hotcakes* y un gran jugo de naranja para ti, café con mucha leche y tres golpes de azúcar del dispensador para ambos. Hablamos un poco y yo hojeé las recetas, esperando a que terminaras de comer y te limpiaras la boca, algo que finalmente tuve que hacer yo misma. Aquí y allá sentía trozos de hoja y briznas de hierba sobre la piel que la ropa incrustaba aún más en ella, como un proyecto de cerámica que hice una vez. En el espejo del baño me descubrí en el cuello incluso una mancha de lodo, que limpié rápidamente y ruborizada; aquel papel barato era tan áspero que busqué algún arañazo en mi reflejo y luego, mirándome a los ojos, permanecí quieta un segundo y traté de descubrir, como todas las chicas en todos los espejos de cualquier lugar, la diferencia entre amante y zorra. LOS EMPLEADOS DEBEN LAVARSE LAS MANOS fue la respuesta. Cuando regresé a la mesa, noté que los demás clientes nos ignoraban, o nos contemplaban con envidia o admiración o disgusto, o quizá no hubiera otros clientes, no lo sé. Para dejar de mirarte fijamente, juagueteé con el azúcar hasta que detuviste mi mano con las tuyas.

—¿No es como volver a la escena del crimen?

—El crimen aún no se ha cometido —respondí.

—Aún —dijiste—, así que tal vez no deberías llamar la atención sobre el azúcar que está a punto de desaparecer.

Me quedé quieta.

—Soy virgen.

Estuviste a punto de escupir el jugo de naranja.

—Bueno.

—Pensé que tenía que decírtelo.

—Está bien.

—Porque no lo había hecho antes.

—Escucha, no pasa nada —tosiste un poco—. Algunos de mis mejores amigos son vírgenes.

—¿De verdad?

—Ehhh. Bueno, no. Supongo que ya no.

—*Todos* mis amigos son vírgenes —dije.

—¡Ah! —exclamaste—, Bill Haberly. Mierda, se suponía que no debía decírselo a nadie.

—Mira, el hecho de que sea sorprendente...

—No, no. He conocido... ya sabes, a un montón de vírgenes.

—Así que dejaron de serlo después de que tú las conocieras, es eso lo que me estás diciendo.

Te pusiste rojo como un tomate.

—Yo no dije eso; además, no es asunto tuyo. Espera, me estabas tomando el pelo, ¿verdad? ¿Me estabas molestando?

—Pues resulta que no.

—Oye, me resulta difícil hablar de este asunto igual que a ti.

—¿Te sorprende?

—Que estés hablando de ello, sí.

—No, que sea...

—Sí. Supongo. Quiero decir que... tuviste novio el año pasado, ¿no? Ese tipo, John.

—Joe.

—Eso.

—¿Lo sabías?

A lo que me refería, Ed, era a si ya te habías fijado en mí entonces.

—En realidad, me lo dijo Annette. Así que supongo que me sorprendió.

—Bueno. No lo hicimos.

—Está bien. No pasa nada.

—Quiero decir que queríamos. Bueno, él quería. Los dos, aunque yo no estaba segura.

—No pasa nada.

—¿De verdad?

—Claro, ¿qué te crees? ¿Que soy una especie de... cabrón?

—No, no lo sé. Yo solo... es que vuelve a sucederme lo mismo.

—¿Qué?

—Que no estoy segura.

—¡Basta! No tenemos por qué hacerlo.

—¿No?

—No —respondiste—. Es... digamos que *pronto,* ya sabes. ¿No es así?

—Para mí, pero lo tuyo es distinto. Me refiero a que están tus amigos, las fogatas y todo lo demás.

—En las fogatas todo es palabrería. Bueno, la mayor parte.

—Bueno.

—Espera, me estás diciendo que... lo del parque, o... ya sabes, lo de anoche... ¿no querías...?

—No, no.

—¿No? ¿No querías...?

—*No* —exclamé—. *Sí*. Solo quería contarte lo que te acabo de decir.

—De acuerdo.

—Porque no lo había hecho antes, como ya te he dicho.

—Está bien —respondiste, pero entonces te diste cuenta de que no era la respuesta adecuada. Hiciste un intento—. ¿Gracias?

Y yo casi respondí: te quiero. En vez de eso, me callé y tú también. La mesera acudió a rellenar nuestras tazas y dejó la cuenta. La dividimos y luego, con el montón de billetes sobre la pequeña bandeja, nos miramos el uno al otro. Tal vez tú te sintieras solo aturdido y repleto, pero yo estaba... *feliz*. Agradecida, supongo, y ligera. Encantada incluso, a lo que había que sumar la agitación del nuevo café que recorría mi interior. Y otra vez estuve a punto de decirlo. En vez de eso...

—*Ahora.*

—¿Cómo?

Me incliné hacia ti, notando tu frente cálida contra la mía.

—El azúcar —susurré—. *Ahora.*

Pero, Ed, ya la habías tomado.

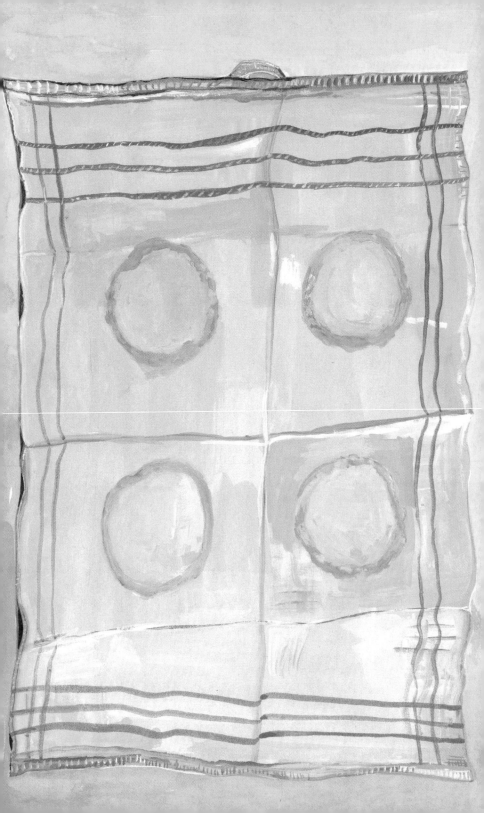

Esta es una de esas cosas, Ed, que no vas a reconocer por nada del mundo.

—Esto sí que es un cambio —dijo Joan cuando entramos, aunque no podría explicar con qué tono lo dijo, contenta pero con una ligera sospecha también. La cocina olía a cebolla y sonaba de nuevo Hawk Davies—. Me pides prestado el coche y regresas antes de la hora a la que sueles levantarte. ¿Qué son ustedes dos, contrabandistas?

No respondiste, pero desparramaste el azúcar sobre la mesa, junto a un trapo donde estaban colocadas unas arracadas, eso parecían, secándose o enfriándose.

—¿Y ese abrigo? —preguntó Joan—. Tiene un aspecto...

—Me lo compró Min.

—... elegante.

—Bien salvado, hermanita. Necesito un baño. Vuelvo en un minuto.

—Tu toalla —te gritó cuando ya estabas subiendo a saltos— está en el suelo, donde la dejaste después del baño de hace cuatro horas que ¡me despertó!

—Sabes lo que no eres, ¿verdad? —respondiste con un bostezo.

Sonó un portazo. Joan me miró y se retiró el pelo de los ojos al tiempo que el agua empezaba a sonar en el piso de arriba. Aquí estoy otra vez, pensé.

—¿Y tú qué, Min? —preguntó—. ¿Necesitas un baño?

—Estoy bien —respondí.

En la cocina había unas vibraciones que no entendía, Ed, y a las que tuve que enfrentarme sola.

—¿De verdad? —caviló—. Pareces un conejo frente a los faros de un coche siempre que él se va arriba. Ven, ven y cuéntame lo que te ronda la cabeza.

Me incliné sobre la mesa. Aros de cebolla, eso eran, y Joan los despegó uno por uno para añadirlos a un tazón grande lleno de fideos, albahaca y tofu.

—¿Quieres fideos? —me ofreció.

—Venimos justo de Lopsided's.

—Ya veo. ¿Robar en un restaurante no es algo que se hace en primero?

Levanté el libro y comencé mi explicación. Tu hermana masticaba por encima de mi hombro, ladeando un poco la cabeza cuando quería que pasara la página, porque tenía los dedos algo manchados con jugo de lima. No dijo nada, solo siguió tomando con los palillos su almuerzo o desayuno, así que seguí contándole cosas —Lottie Carson, *Greta en tierras salvajes,* el ochenta y nueve cumpleaños...—. Abrió los ojos de par en par y los cerró con lentos parpadeos, pero siguió sin decir nada, así que le conté todo, Ed, todo excepto lo del aniversario de los dos meses y los cincuenta y cinco dólares.

—Vaya —exclamó por fin.

—Genial, ¿eh?

—Sin duda debería prestarte mis libros de cine —dijo, y colocó el tazón en el fregadero.

—Sería estupendo —respondí—, y Hawk Davies también.

—Me gusta tu manera de pensar —añadió Joan, y luego me miró muy seria, esperando.

—Gracias —dije.

—Y mi hermano —señaló con la cabeza hacia la escalera por donde habías subido corriendo— ¿va a ayudarte a preparar estos extravagantes platos para el cumpleaños de una estrella de cine?

—Piensas que es... —titubeé—, no sé.

Tomó dos chabacanos y me pasó uno.

—Que es ¿qué? —preguntó con delicadeza—. ¿Una locura?

—Iba a decir posible, factible.

Suspiró. El chabacano tenía mucho jugo, así que solté el libro, abierto por la sonrisa de Lottie Carson, y me limpié las manos.

—Podría resultar complicado, Min.

—Sí, el iglú es de locos, ¿verdad? Quiero decir que ¿dónde se consiguen...?

Ella dijo que no se refería a eso, y el ambiente de la cocina se tornó tan extraño que seguí adelante, continué hablando, y tiré el hueso a la basura. Tuve una intuición, pero no supe interpretarla.

—Las galletas parecen más fáciles.

La regadera dejó de sonar. Ella suspiró de nuevo y miró la receta.

—Sí, bastante sencillas. ¿Dónde vas a conseguir... cómo se llama, el Pensieri?

—Tengo un plan —respondí encogiéndome de hombros y mirando hacia arriba, donde tú te estabas secando—. Lo conseguiré de algún modo, y pronto.

—¿Tal vez esta noche? —preguntó Joan—. ¿Te lo dijo Ed? Esta noche no puede salir por ahí, tiene un asunto familiar.

—No me ha contado nada —respondí.

La música de Hawk Davies se detuvo.

—Sí —dijo con prudencia—, suena típico de él.

Y entonces no supe cómo interpretar lo que estaba sintiendo. Me miraba cautelosa, o eso me pareció, como si hubiera utilizado alguna palabra mal y temiera decírmelo, o como si yo fuera una estrella del basquetbol y el que estuviera en la habitación de arriba fuera su hermano virgen, igual que si estuviera protegiendo algo. Sentí la mano agarrotada y los ojos ardiendo.

—¿Debería irme? —logré decir.

Joan exhaló y me rozó el hombro.

—No lo digas de ese modo, Min. Es solo que tenemos un asunto familiar esta noche, como ya te dije. Debemos prepararnos antes de que se haga demasiado tarde.

Con un ligero quejido, colocó algunas cosas dentro del lavavajillas, lo cerró con el pie y agarró una esponja azul brillante. Recordé que se había sorprendido de que hubiéramos regresado tan temprano. Y ahora era demasiado tarde.

—De todas maneras, debes de estar cansada, ¿no? Estuviste despierta casi hasta tan tarde como él.

¿Era eso?, pensé. ¿Que te había mantenido levantado hasta demasiado tarde? Pero no dijo nada más.

—Déjame solo que me despida —le pedí.

—Por supuesto, por supuesto —respondió ella.

Así que subí las escaleras dando brincos, y advertí que los cojines de la sala habían regresado al sofá. La puerta de tu madre estaba cerrada, como siempre. Llegue a tu habitación, que solo había visto unos minutos una vez, con su horrible aparador, jugadores de basquetbol en las paredes y una estantería con libros que te había regalado gente que no sabía, o lo sabía pero esperaba que no fuera verdad, que nunca habías leído nada. Sobre el escritorio también horrible, repleto de chucherías y platos sucios, había un transportador, otro extraño artilugio matemático. El radio murmuraba, las persianas seguían bajadas, y me llegó olor a sudor, mucho sudor, algo que suele resultar desagradable aunque en este caso no, qué me pasa, era realmente asqueroso, bueno, no.

Yacías sobre la cama tan perfecto que, en un primer momento, pensé que me estabas haciendo una broma, haciéndote el dormido con la toalla en torno al cuerpo y un poco caída, una pierna doblada por la rodilla y un brazo sobre la cara, como ocultando una sonrisa. Pero entonces soltaste un ronquido como nadie podría simular, así que me quedé en el umbral, contemplando cómo dormías. Esperé solo para verte en aquella especie de paz, deseé estar a tu lado, que despertaras lentamente, o sobresaltado, o solo a medias y te dieras la vuelta o volvieras a dormirte o murmuraras mi nombre. Quería mirarte para siempre, o dormir a tu lado para siempre, o dormir para siempre mientras tú despertabas y me mirabas, bueno, algo para siempre. Quería besarte, alborotarte el pelo, reposar tres yemas de mis dedos sobre el hueso de tu cadera, cálido y suave, despertarte de ese modo o calmarte para que volvieras a dormir.

Contemplarte desnudo mientras descansabas, cubrirte con una manta, aunque no hay suficiente tinta ni papel para enumerar todo lo que ansiaba. Además, no podía quedarme mucho tiempo, así que bajé las escaleras hasta donde Joan me esperaba con una especie de sonrisa.

—Está dormido —dije.

—Lo has agotado con tus aventuras —respondió pasándome el azúcar y unos libros—. Hasta pronto, Min.

—No le dejé una nota ni nada —exclamé.

—Mejor —resopló—. Odia leer.

—Pero dile que me llame.

—Se lo diré.

—Quédate con el azúcar.

—No, Min, llévatela a casa. Si no, la *utilizaré* para algo y tendrán que robar más y acabarán en el bote y todo será culpa mía.

La expresión me hizo sonreír, «en el bote».

—Pero tú me sacarías, ¿verdad? —le pregunté—. ¿Le volverías a prestar el coche a Ed para que escapáramos? Eh, espera, tengo mi suéter en el coche.

Salimos juntas bajo la llovizna, ella abrió el coche y me dio el suéter. En ese momento, tenía un montón de cosas en las manos, estaba lejos de casa y no había nadie que me ayudara a llevarlas.

—Hasta luego, Min.

—Adiós —me despedí.

Fue violento y equivocado estar cargada de aquel modo mientras Joan regresaba rápidamente hacia la puerta trasera.

—Gracias por el libro.

Aunque, por alguna razón, quería decir «Lo siento».

Cerró la puerta. En el autobús, con todos mis triques apilados en el asiento contiguo como un inventario, repasé aquel carísimo libro, que me pareció menos atractivo al contemplarlo en solitario. Y apretado en mi mano encontré este trapo, con el aceite de los aros de cebolla en círculos indelebles sobre el tejido. Me lo quedé, en vez de devolvérselo a Joan en mi siguiente visita, aunque no sé por qué. Recuerdo cada uno de los platos que preparaba esperando a su hermano, todos crujientes, sin quemar, tan sencillos en su elaboración como parecían. Su vida elegante, la manera en que se preocupaba por los habitantes de su casa. Y esos rastros en la tela que contemplé de camino a casa antes de sentarme tranquilamente con mi madre, amigas por una vez, acompañadas de un té Earl Grey y pan tostado. Tuve ganas de llorar un poquito al doblar el trapo para guardarlo en el cajón, sin saber si aquellos grandes círculos parecían una boca sonriente, una luna brillante, una burbuja elevándose o simplemente lo que veo ahora, un cuadrado con ceros escritos en tinta invisible de la cocina. Pensé que se trataba de una cosa, pero era otra: cero, cero, cero, sola en el autobús mientras tú dormías en la habitación que había tenido que abandonar, y por eso rompimos.

Y mi paraguas, lo extravié aquel día. ¿Dónde está? Sé que lo llevaba en la mañana. Si lo tienes tú, Ed, devuélvemelo, porque me siento perdida sin él en los días lluviosos, aunque ahora estamos en diciembre, así que habrá nieve, eso dicen, y un paraguas en una tormenta de nieve es ridículo, como un cinturón de seguridad si no estás en un coche, o un casco si no vas en bicicleta. Lo necesito igual que un pez necesita una bicicleta o como quiera que sea el dicho, igual que el café tiene que tomarse solo, igual que a una virgen le hace falta un novio. Hay tantas cosas que nunca recuperaré...

Seguramente te estarás preguntando cuánto tiempo se tarda uno en llegar hasta ti. ¿Acaso Al está conduciendo la camioneta de la tienda de su padre hasta Bolivia para luego dar la vuelta y regresar? ¿He podido escribir todas estas páginas en un recorrido tan breve, incluso con tráfico? Y la respuesta, Ed, es Leopardi's. Nunca te llevé a Leopardi's, la cafetería que ocupa el primer lugar en mi lista de favoritas, la mejor, un desvencijado palacio italiano con paredes de color rojo intenso, pintura descarapelada y fotografías que cuelgan torcidas en las que aparecen hombres con la piel oscura, el pelo en grandes y elegantes ondas y unas sonrisitas bonachonas dirigidas a sus señoras y a una cafetera exprés parecida a un brillante castillo de científico loco, humeante, reluciente, con picos por todas partes que se curvan hacia arriba y hacia afuera, formando un retorcido nido metálico bajo una severa águila también de metal que permanece encaramada en lo alto, como acechando a una presa. Se necesita toda esa máquina, con esferas y tubos y un montón de trapos blancos cuadrados que el personal utiliza con maestría, para elaborar unas diminutas tazas de café tan intenso y negro como las tres primeras películas de Malero, en las que aparece un mundo anguloso y parpadeante. Maldita sea, adoro ese café. Si le añadiera mucha leche y tres de azúcar, el águila descendería volando y me abriría la garganta con las garras antes de que pudiera dar un sorbo, pero, ¿sabes qué, Ed? Esa no es la verdadera magia del sitio. El encanto de Leopardi's que sentí la primera vez que Al me lo enseñó, cuando su primo trabajaba ahí y nosotros estábamos en la secundaria, es el absoluto silencio de ese local de techos altos, la posibilidad de meditar sin ser interrumpido por nada, excepto las enormes y siseantes nubes de vapor y el tintineo de las monedas en la caja registradora. Te dejan a tus anchas, te permiten murmurar o reír o leer o discutir o lo que sea en cualquier rincón en el que estés sentado. No te limpian la mesa, ni se aclaran la garganta, ni dicen nada excepto *prego,* de nada, si tú dices gracias, *grazie.* No se fijan o simulan no fijarse en ti, aunque termines el último sorbo de tu café y sueltes la taza de golpe por algo que tu exnovio te hizo, por el mero recuerdo de lo que te hizo. Puedes romper el plato en dos, y no dicen nada. En Leopardi's imaginan que ya tienes suficientes problemas. Deberían enseñarle a mi madre, a las madres de todo el mundo, cómo dejar en paz a las personas. Era el lugar perfecto adonde Al podía llevarme cuando íbamos acercándonos a tu casa y esta carta no estaba ni mucho menos terminada, así que arrastré la caja dentro sin que ningún mesero de Leopardi's, con sus perfectos bigotes y mandiles, dijera una sola palabra del golpe que produjo en la mesa contigua, ni de cuánto tiempo llevaba sentada escribiéndote.

Esta es la botella de Pensieri. Nunca te hablé de Leopardi's y nunca te conté la noche que pasé consiguiendo el Pensieri, esta misma botella, mientras tú —¡ja!— atendías tu *asunto familiar,* aunque tampoco me lo preguntaste. Nunca te lo conté. Como muchas otras cosas, Ed. Así que permíteme que te relate una parte.

La tarde estaba bastante avanzada, suficiente té y suficiente madre, cuando finalmente el agua de la regadera lavó el Boris Vian Park de mi cuerpo y me senté en mi propia habitación como si no hubiera estado ahí en cien años, la mochila aún sin abrir desde el viernes y el banderín todavía enrollado sobre el escritorio desde el partido. Recogí algunas cosas, todavía envuelta en la toalla, restregué el café del cuello de mi camisa y, esperanzada, la tendí en la barra de la regadera, y puse algo de música, aunque la quité porque todo me sonaba mal; Hawk Davies era lo único que quería y no tenía. Luego hice algo que me avergonzaba hacer: agarrar el teléfono y llamar a Al. Me desplomé sobre la cama mientras esperaba a que contestara y abrí *Cuando las luces se apagan, breve historia ilustrada del cine.*

—¿Hola?

—Si existe alguna película que, con elegancia e imaginación, profundice en las violentas y delicadas verdades sobre el corazón humano —respondí—, este humilde crítico aún no la ha descubierto.

El suspiro de Al resonó en el auricular.

—Hola, Min.

—*Dos pares de zapatos,* ignorada blandamente tras su estreno, menospreciada e incluso desechada en ocasiones por el director, ha surgido poco a poco, igual que una isla volcánica que se eleva en el océano, para ocupar el lugar que le corresponde como destacado punto de referencia en el horizonte de la historia del cine.

—Por favor, dime que estás leyendo en voz alta de algún libro, porque de otro modo sería excesivo incluso para ti.

—*Cuando las luces se apagan, breve historia ilustrada del cine.* Vamos a verla esta noche.

—¿Qué?

—*Dos pares de zapatos.* Vamos, pasaré por Limelight y la buscaré. Tú lo único que tienes que hacer es preparar las palomitas y ponerte unos pantalones.

En una ocasión, bien entrada la noche, Al me confesó que cuando hablábamos por teléfono solía pasearse por la habitación en bóxers. Una mañana temprano, cuando aún estaba medio dormido, hicimos el trato de que nunca se lo contaría a nadie si podía burlarme despiadadamente de su confesión por siempre.

—Min, ¿sabes qué hora es?

—Las cuatro y media.

—Cuarto para las cinco —replicó él—. *Del sábado.* Me estás llamando para hacer planes para el sábado por la tarde cuando el sábado por la tarde ya empezó.

—No seas cascarrabias, como lo eres algunas veces.

—Me molesta cuando supones que no tengo nada que hacer. No ando por ahí como un alma en pena mientras tú juegas a los novios.

A veces, Al reacciona de esta manera. *Petulante:* otra palabra de nuestras tarjetas de vocabulario. Aunque soy capaz de manejar la situación.

—Al, soy *yo* quien no tiene plan. Vamos a ver una película o, por favor, por favor, deja que me acople a lo que quiera que tengas en mente.

—¿Qué hizo Ed?

—¿Cómo?

—Que qué te hizo.

Mi cuerpo se ruborizó ligeramente al recordar el sauce llorón. Nunca le he dicho a Al que a menudo hablo con él envuelta en una toalla.

—Nada, solo está atorado con un asunto familiar.

—Me dijiste que tenías un fin de semana atareado.

—Al, *por favor*. No tengo nada. A lo que sea que vayas a hacer, llévame contigo. Un espectáculo de camiones gigantes, inventario en la tienda de tu padre, una sesión de besos con Christine Edelman, *lo que sea*.

Eso lo hizo reír. Probablemente, nunca te hayas fijado en Christine Edelman, está en nuestra clase de Literatura y parece una luchadora profesional.

—Estoy libre —admitió Al—. No tengo ningún plan. Soy el típico perdedor.

—Solo querías hacerme sufrir.

—¿Para qué sirve la amistad? —dijo empleando nuestra versión de ¿*Para qué están los amigos?*

—Estupendo, llevaré la película.

—Sacaré a Christine a escondidas por la puerta trasera.

—*Puaj*.

—¿Por qué crees que estoy en bóxers?

—¡Puaj!

Nunca te conté nada de esto, Ed. Nunca me preguntaste qué hice aquella noche, ni cómo me las arreglé para conseguir el Pensieri. Nunca te dije que Al no solo había preparado palomitas, sino también polenta con chuletas de cordero y espárragos para hacerlos a la parrilla por si acaso no había cenado, y así era, y que tenía un poco, solo un poco cerca de la oreja, de crema, como si hiciera cinco minutos que se había rasurado. Yo llevé la película y ropa inadecuada.

—Hola —dije al entrar—. ¿Qué estás escuchando?

—Mark Clime —respondió Al—. *Live at the Blue Room* (En directo desde la habitación azul). Es de mi madre.

—Me gusta —dije—. Tiene el mismo estilo... ¿te he contado lo de ese tipo al que he estado escuchando últimamente, Hawk Davies? Me encanta.

Al me sonrió con expresión divertida.

—Sí, me lo has contado, Min.

—Ah, claro. La hermana de Ed...

—Joan.

—Joan, ella me habló de él. Me prometió que me lo prestará pronto. Te haré una copia a ti también.

—De acuerdo. Entonces, ¿cómo estuvo el partido?

—¿Qué?

—Basquetbol. A lo que juega tu novio.

—Ah, ya, ya. Bueno, bien.

—¿De verdad?

Al estaba preparando esa bebida que nos gusta y que se hace machacando en el fondo de un vaso largo menta y un jarabe de limón italiano que viene en una botella de cristal redonda y amarilla, para luego añadir hielo y un agua con gas italiana de importación que sus padres guardan en casa como la mayoría de la gente tiene leche.

—Bueno, no —admití. Dios, es una bebida verdaderamente buena, aunque nunca hemos decidido cómo bautizarla—. Fue aburrido y ruidoso. A ti puedo contártelo, ¿no?

—Puedes contarme cualquier cosa.

—Pues fue aburrido. Aunque Ed se mostró amable, e incluso la fogata, y lo de después, estuvo bien.

—¿Lo de después?

—Ajá —respondí.

Di un largo trago y el hielo me golpeó un poco la nariz. De repente, una pregunta inesperada que no tenía cabida en aquel momento invadió mi mente, una pregunta sobre ti, Ed. Al acababa de decírmelo, «Puedes contarme cualquier cosa», y estaba esperando que le dijera algo mientras abría el horno para echar un vistazo a la comida, sin razón alguna, ya que el cordero y los espárragos descansaban en sus bandejas con las luces encendidas. Pero no pude formularla. No pude emular a esos directores japoneses que dedican un rato largo, largo a mostrar una flor en la pantalla, una gota de agua sobre una mesa negra avanzando hacia ningún sitio, una telaraña iluminada por la luna que no tiene nada que ver con la trama, una imagen que está ahí únicamente porque les gusta, y les gusta que no encaje con el resto. Mi pregunta no correspondía con la fiel cocina de Al, con mi amigo, que se estaba limpiando la mano en el trapo que traía enganchado al cinturón, como siempre, así que bajé la mirada hacia sus zapatos, con los ojos cerrados, como si estuviera simplemente disfrutando de la música, hasta que Al me preguntó si estaba bien, y yo abrí los ojos con alegría, mucha alegría, y respondí que sí, que por supuesto que estaba bien. Agarramos los platos y nos sentamos a ver la película.

Una chica conoce a un chico, Ed, y todo cambia, o eso dice ella. Pide un café y, en voz baja asegura que le sabe distinto. El cielo tiene un aspecto triste, dice, aunque ella no se siente así y piensa que el mundo ha cambiado.

—Min, no entiendo nada. ¿Cuándo va a pasar algo?

—No te gusta —dije—. Podemos quitarla si quieres.

—No tengo opinión al respecto.

—*Al.*

—¡No la tengo! Es solo que no entiendo nada.

—*Cinéma du moment,* así lo llaman. Cine del instante. No te gusta.

—No me eches la culpa a mí, Min. Es *a ti* a quien no le gusta y quieres quitarla, pero te sientes incómoda por lo que dice en ese libro, *Cuando la oscuridad...*

—*Cuando las luces se apagan.* No es por eso por lo que me siento incómoda.

—Entonces te sientes incómoda por la misma razón que yo, porque durante cuarenta minutos hemos estado viendo a esa chica francesa deambular y pensar cosas. Mira, vuelven a pasar los coches. ¿Estás segura de que es esta película?

—*Dos pares de zapatos.*

—No la entiendo.

—No te gusta.

—No tengo opinión al respecto.

Quité aquella mierda de película. Ed, así éramos nosotros, Al y yo. Nunca lo entendiste y yo nunca te conté realmente cómo funcionaba. La madre de Al nos comparó una vez con *un viejo matrimonio* y se rio cuando Al dijo: «Bueno, *mamma,* tú debes saberlo». Lo miré —nunca te conté esto, Ed—, apilando los platos, de nuevo con la música puesta, preparándome otro loquesea de limón. Mi pregunta pasó de nuevo en el aire, como electricidad a nuestro alrededor, aunque Al no supiera de qué se trataba. Ignoro de dónde vino. En los panfletos que nos reparten nos animan a hablar con nuestros padres o con un cura o un profesor de confianza o un amigo. Pero no hay nadie adecuado en esa lista, ya que los padres son parte del problema, un profesor diría: «Hay conversaciones que no me está permitido tener contigo» y a la mayoría de los amigos se le iría la lengua con sus otros amigos igual que un cura se lo chismearía a Dios. Así que te quedas solo, o con una única persona a la que contárselo, mi amigo Al. Así que se lo cuentas, algo injusto e incómodo, únicamente porque tienes que hacer la pregunta, y por eso le dije a mi amigo Al, qué idiota, si podía preguntarle algo.

—Claro —respondió trasteando con los platos.

—Es algo personal.

Al cerró el grifo y me miró desde la puerta con el trapo sobre el hombro.

—De acuerdo.

—Me refiero a que no se trata de que me bajó la regla o de que mis padres me peguen, sino de algo personal.

—Sí, es duro cuando tus padres te pegan *y además* te baja la regla.

—*Al.*

—*Mín.*

—Es sobre sexo.

La casa se sumió en el silencio igual que cualquier habitación ante la palabra *sexo,* e incluso los músicos de jazz se inclinaron hacia adelante con la esperanza de escuchar a través de los altavoces mientras continuaban tocando.

—Cerveza —exclamó Al, una reacción que me sorprendió—. La necesito, ¿quieres una? Mis padres tienen algunas Scarpia's, nunca se darán cuenta.

—*Al*, ya sabes lo mío con la cerveza.

—Te conozco, te conozco —se inclinó dentro del refrigerador abierto y tomó una botella, la abrió con el trapo y tiró la corcholata, algo impropio de él, dentro del fregadero. Dio un largo trago.

—Si no quieres hablar de ello... —dije.

—Está bien —respondió, y se sentó a mi lado en el sofá. La Scarpia's burbujeó, la banda continuó tocando.

—No se lo puedo preguntar a nadie más.

—Está bien.

—Realmente no puedo. Y somos amigos.

—Sí —dijo dando otro trago.

—Así que no te espantes.

—De acuerdo.

—No lo hagas.

—Dije que de acuerdo.

—Porque necesito preguntárselo a alguien.

—Min, esto se está convirtiendo en una película en la que repites eso una y otra vez. Simplemente pregunta lo que...

—Yo... —dije— ¿qué piensas de dejar de ser virgen?

Al se enderezó y colocó la cerveza sobre la mesita.

—Entonces, ¿me estás diciendo que...?

—No —repliqué—. Lo soy, todavía.

—Porque eso sería rapidez.

—Bueno —dije—. Tal vez acabas de responderme, supongo.

—Min, solo fue un comentario.

—No, no, tienes razón.

—Han pasado solo un par de *semanas*, ¿no?

—Sí. Y no lo *he hecho*. Pero tú pensarías...

—No tendría opinión al respecto, Min.

—No me vengas con eso. Dijiste *rapidez*.

—Bueno, sería así.

—*Rapidez* es una opinión.

—No, Min —Al se terminó la cerveza, pero mantuvo la mirada fija en ella—. *Rapidez* es un sustantivo.

Nos sonreímos levemente.

—Supongo que lo que estoy preguntando...

—Creo saber lo que estás preguntando. No lo sé, Min.

—Que si está bien, a eso me refiero.

—Que si está bien no ser virgen, *sí*. La mayoría de la gente no lo es, Min. Para empezar, por eso existe la gente.

—Sí, pero... —sacudí la pierna sobre el sofá. No me preocupaban esas personas, pensé. Solo me preocupabas tú—. Lo que quiero saber —insistí— es lo que piensas tú. Tú eres un chico.

—Sí.

—Entonces sabes lo que piensas respecto a eso. Si una chica, ya sabes, digamos que fajan en un coche, o en un parque.

—Por Dios, Min. ¿En qué parque?

—No, no, es solo una suposición. Por poner un ejemplo.

—Bueno, pero ¿qué tipo de coche? Porque si fuera el nuevo M-3...

Lo golpeé con un cojín.

—¿Qué piensa la gente de eso?

—¿La gente? —repitió Al.

—*Al*. La gente diferente. ¡Ya sabes!

—La gente diferente piensa cosas diferentes.

—Ya lo sé, pero como *chico*.

—A algunos chicos les gusta, supongo. Quiero decir que por supuesto. Es *sexy*, ¿de acuerdo? Otros pensarían cosas peores. Y algunas personas pensarían otras cosas, supongo, no lo sé, esto es ridículo, Min, no tengo opinión al respecto.

—No es ridículo —repliqué—, no para mí. Al, lo que quiero saber es... ¿y tú qué?

Al se levantó con mucho cuidado y sosiego, como si hubiera hecho añicos un cristal encima de él o llevara un bebé en brazos. Fui una estúpida, sí, una tonta y una idiota. Soy idiota, Ed, otra razón por la que rompimos.

—¿Y yo qué sobre qué? —dijo él.

—Que qué piensas —respondí—, y no me digas que no tienes opinión al respecto.

Al paseó la mirada por la habitación. La música se detuvo.

—Min, supongo que lo que pienso del sexo es que quiero que me haga sentir *bien*. No *bien*, olvídalo, sino *a gusto*. Feliz, que no sea solo hacerlo en cualquier lugar. Ya sabes, no deberías hacerlo simplemente por hacerlo. Deberías querer al chico.

—Lo quiero —aseguré en voz baja—, quiero al chico.

Al permaneció quieto un segundo. Suspiró sin hacer ruido, igual que cuando se desmenuza una galleta.

—No quiero sonar como esa película que nos obligaron a ver —dijo—, pero, Min, ¿cómo sabes que no estás simplemente...?

—Sé lo que piensas de él —lo interrumpí—, pero él no es así.

Al sacudió la cabeza con fuerza.

—No tengo ninguna opinión sobre Ed. Es solo que... dime algo, Min, si quieres. Lo amas.

—Sí.

—Y ¿ya se lo dijiste?

—Creo que lo sabe.

—Así que no lo has hecho. Y ¿él te ha dicho algo?

—Al, no.

—Entonces ¿cómo puedes... cómo sabes que él...?

Se lo conté. Nunca te lo dije, pero le conté a Al nuestros planes, lo que estábamos planeando para la actriz a la que habíamos seguido. No tenía el libro de cocina conmigo, ni el afiche, pero estuvo atento a lo del azúcar que robamos, el abrigo que te compré, las recetas perfectas para la fiesta. Al no quería que le gustara, no quería entusiasmarse, pero no pudo evitarlo.

—Apuesto a que sé dónde podríamos conseguir esas cosas para los huevos.

—En Vintage Kitchen —respondí—. Eso había pensado. ¿Cuántos crees que necesitaríamos para hacer el iglú?

—Podría salir caro —dijo él—. Si me enseñas la receta que encontraste... No puedo creer que llevaras a Ed Slaterton a Tip Top Goods. ¿Es que no hay nada sagrado?

—Si te gustara levantarte temprano... —me quejé.

—No me eches la culpa a mí. Y de nuevo, ¿cuándo es la fiesta?

—El 5 de diciembre, porque, Al, ¿sabes con qué coincide? Con el aniversario, con el de Ed y mío, de nuestro segundo mes juntos.

Al me miró de nuevo.

—Esa es otra cosa que no le has dicho, ¿verdad? *Por favor,* dime que no. Porque algo que puedo asegurarte de los chicos es que a ellos, a *nosotros,* no nos gusta oír ese tipo de cosas demasiado temprano, con demasiada *rapidez.* No le hables a un chico del aniversario de su segundo mes juntos.

—Se lo dije —exclamé— y le encantó.

Qué *idiota*.

Al me regaló un largo y lento parpadeo.

—Supongo que es amor —dijo.

—Supongo que sí —asentí—. Pero, Al, ¿qué piensas?

—Que no quiero perderme esa fiesta —respondió—. ¿Crees realmente que vendrá? Quiero decir, si es ella. Es probable que...

—Si la invitamos de la manera adecuada —dije yo— y si es ella. Pero la cuestión, Al, es que tú eres nuestra única opción para conseguir el Pensieri.

—¿Qué?

—Para las galletas. Deben tenerlo en la tienda, ¿no? Es raro e italiano.

—Entonces, ¿todo lo necesario para las comosellamen con azúcar robado será robada?

—Bueno...

—Porque de ninguna manera mi padre va a darnos una botella de eso. Cuesta unos setenta y tantos dólares y se hace con unas ciruelitas raras o algo así.

—¿Lo has probado?

—Si lo hubiera probado, Min —dijo Al con suavidad y un suspiro—, habría sido contigo. Tú eres la única.

—Entonces, ¿lo conseguirás para mí? ¿Para nosotros?

Al miró su reloj.

—De hecho, este sería un buen momento. Podemos utilizar la camioneta, tengo las llaves.

—¿Te meterás en problemas?

—Nah, ahora yo hago el inventario. Nunca se darán cuenta, nadie compra ese licor.

—Gracias, Al.

—Claro.

—No —dije yo—. Me refiero a *gracias*. Por esta noche, por toda ella.

Al lanzó un nuevo suspiro.

—¿Para qué sirve la amistad? —respondió.

Ed, te voy a contar para qué sirve la amistad, porque nosotros nunca fuimos amigos. Sirve para conducir a toda velocidad en medio de la noche, para eso sirve. Con las ventanas abajo y el aire cargado de lluvia golpeando nuestros rostros todo el camino hasta la tienda. Sirve para disfrutar de una buena conversación, y para permanecer callados cuando llegamos. Sirve para tener una divertida discusión sobre cuál es la mejor película sobre un robo mientras nos colábamos en la tienda, y para reírse con la conclusión final: *El gato Catty y el ladrón escalador*, que vimos juntos en la secundaria y que nunca olvidamos. La capa mal animada de Catty Cat, el acento británico del malvado Doghouse Wiley, la canción de fondo, *Catty Cat, Catty Cat, cape and boots and crazy hat, fighting crime, doin' fine, would you take a look at that* (Gato Catty, gato Catty, con capa y botas y un extraño sombrero, luchas contra el crimen, acabas con los malos, ¿podrías echarle un vistazo a esto?), que íbamos cantando por los oscuros pasillos de la tienda mientras se proyectaban en nuestro camino sombras de extrañas botellas, aceites y cosas encurtidas de importación y cajas de pasta en forma de rascacielos, mientras los salamis colgaban como murciélagos dormidos cabeza abajo sobre la caja registradora, mientras las rayas de neón verde, rojo, blanco del reloj resplandecían sobre la foto de Al de bebé, enorme y descolorida, en la parte alta de la pared. Para esto sirve la amistad, Ed: Al bajó de la escalera, inclinándose tanto hacia mí que pensé, por un segundo temí, que me besaría, y deslizó esta botella fría y polvorienta entre mis manos.

—Gracias, gracias, gracias.

Agitó la mano como para quitarle importancia, pero luego dijo:

—¿Puedo preguntarte algo?

—Claro. *Mira* esta etiqueta.

—Min, ¿por qué nunca habíamos tenido una conversación como esta?

—¿A qué te refieres?

—Bueno, saliste con Joe durante no sé cuánto tiempo, y nunca me preguntaste nada sobre la opinión de un chico.

—Ya, pero Joe era como tú. Como *nosotros*.

—No, no lo era. Al menos para mí.

—Pensé que te caía bien.

Al recogió la escalera.

—Min, Joe era un cabrón manipulador.

—¿Qué?

—Así es.

—Tú nunca...

—Ahora puedo decírtelo.

—Dijiste que no tenías opinión al respecto. Eso fue lo que dijiste cuando rompimos.

—Sé lo que dije.

—Entonces, ¿sabes lo que eso *significa*? Te *pregunté* algo esta noche, y ahora es como si no supiera si puedo confiar en tu respuesta.

—¿Cómo?

—No digas ¿cómo? de ese modo. Al, estoy saliendo con Ed Slaterton. Creo que... te confesé que lo quiero y tú eres mi mejor amigo y necesito saber que no me estás *mintiendo*.

—Bueno ya. ¿Me dices eso cuando tienes en las manos una botella carísima que le robé a mi padre para tu plan?

—Pensé que era *nuestro* plan —repliqué—. Al, ¿qué piensas de mi novio? Y no respondas que no tienes *opinión al respecto*.

—Entonces no me lo preguntes, porque no lo conozco.

—No me mientas. No te cae bien.

—No lo conozco.

—Es porque rompió aquel cartel, ¿verdad? Era solo un cartel, Al.

—*Min*.

—O por lo de la rocola en Cheese Parlor, pero no puedes echarle la culpa de eso, porque ustedes, Lauren en especial, estaban totalmente...

—Min, *no*.

—Entonces, ¿qué?

—¿Qué de qué?

—¿Qué piensas de él? —pregunté con firmeza.

—No me preguntes eso.

—Te lo estoy preguntando.

Y Ed, nunca te conté lo que Al respondió. No dijo que no tenía opinión al respecto, porque sí la tenía.

Tampoco te conté que en ese instante la noche se hizo añicos y ahora es apenas algo que puedo poner en orden: gritos afuera de la tienda, uno de los mostradores que se viene abajo, la insistencia de Al con esa actitud que adopta cuando decide que esta vez no, ¡esta vez, no!, ¡no!, ¡no está equivocado! Lágrimas en el autobús, darme cuenta, maldita sea, de que no era el autobús correcto; Al, gritándome en el estacionamiento que no fuera idiota. Yo, comportándome como una idiota, dando un portazo al entrar en casa y despertando a mi madre. Al, enfadado y en silencio, la puerta de la tienda abierta y las luces encendidas para limpiar el desastre. Nada parecido a una película, nada agradable, decirle a mi estúpida madre que estaba con *Al* y que no tenía que preocuparse más, que nunca, nunca volvería a suceder. Dormirme. Llorar. Quitarme la ropa rápidamente, poner la botella con cuidado en el cajón, pero no cabía en él, así que tuve que tomar una caja del sótano. Gritarle a mi madre: «¡Nada!», llorar. Cerrar la puerta del sótano de un golpe, sonarme la nariz. Nunca te conté nada de esto. Vaciar el cajón dentro de la caja, refunfuñar en voz alta. Dormirme, llorar de nuevo, una pesadilla. Y luego sonó el teléfono por la mañana y eras tú, Ed.

—Min, intenté hablar contigo.

—¿Cómo?

—Anoche. Pero no pude... No contestabas el teléfono, así que colgué.

—Estaba con un amigo.

—Vaya.

Suspiré.

—O un supuesto amigo...

—Joan se fue —tu voz sonaba ronca—. Estará fuera todo el día y mi madre está en el centro. Quiero hablar contigo, ¿puedes venir?

Juro que estaba en tu puerta, mirándote, antes de que hubiera colgado el teléfono. Parecías una piltrafa, con los ojos enojados y sin dormir. Coloqué el Pensieri sobre la mesa, pero ni siquiera lo miraste mientras caminabas en círculos como si estuvieras frente a un tribunal, cocina-pasillo-salón-cocina, sudoroso. Enloquecí al verte y cada mirada a tus ojos se convirtió en una respuesta, en una nueva victoria en la discusión con Al, con mi madre, con todo el mundo; eran todos unos mentirosos, todos y cada uno de ellos.

—Oye, quiero disculparme por lo que hizo Joan—dijiste—. No podía creerlo cuando me desperté y te habías ido.

Casi había olvidado ese asunto, más o menos.

—No pasa nada.

Golpeaste una estantería con la mano.

—Sí, sí pasa. No debería haber hecho esa mierda.

—Tenías un asunto familiar, está bien.

—¡Ja, ja! —dijiste. No pude evitarlo, tu reacción me provocó una risa tonta. Tú sonreíste, sorprendido, y dijiste de nuevo—: ¡Ja, ja!

—¡Ja, ja!

—¡*Ja, ja!* ¿Quieres saber lo que es un *asunto familiar* para Joan? Que quiere hablar conmigo, así que corre a mis amigos. Vaya estupidez, un asunto familiar. Lo aprendió de mi madre, pero no le va a funcionar, ella no es mi madre.

Por alguna razón, parecías asustado al decir aquello, un gesto que te había visto en los entrenamientos cuando el entrenador tocaba el silbato y pensabas que tal vez lo habías arruinado y tenías un problema.

—No pasa nada —dije.

—Quiero decir que podía haber esperado. Pero por supuesto no podía, porque ¡hoy está fuera todo el día! ¡Con *An-*

drea! Pero si es *solo* mi novia, ¡córrela de la casa porque tenemos que hablar en este mismo momento!

—¿Qué quería decirte?

Detuviste tu deambular y te sentaste de forma repentina en una silla del rincón. Luego te levantaste de manera casi cómica, como en una película de Piko y Son, solo que tú no estabas intercambiando sombreros con nadie.

—Escucha —dijiste—, quiero contarte algo.

—De acuerdo.

Decidí que se trataba de algo sobre tu madre, pero me equivoqué de nuevo, Ed, como siempre, idiota de mí.

—Lo que quería decirme es que contigo estoy... que vamos muy deprisa, eso dijo. Le contaste lo de la estrella de cine y ella sabe que yo no soy así y entonces dijo algo sobre las otras chicas con las que salgo, las de antes. Pero que tú eres tan inteligente y como... no sé, *inexperta,* es lo que ella dijo, pero no de ese modo, ¿sabes?

—Sí —respondí con el estómago en el suelo. ¿Me estabas cortando porque tu hermana te lo había ordenado?

—Y bueno, comprendo a qué se refiere, pero, Min, no tiene ni idea de lo que está hablando. Es tan... todo el mundo es tan *estúpido,* ¿sabes? Y Christian también, y Todd, cualquiera que diga estupideces, ustedes viven en mundos diferentes, como si hubieras llegado en una nave espacial.

Tenía que decir algo.

—Sí —asentí—. ¿Entonces...?

—Entonces, que se *jodan* —exclamaste—. No me importa, ¿sabes?

Sentí una sonrisa en el rostro, también lágrimas.

—Porque, Min, lo *sé*, ¿de acuerdo? Sé que soy un estúpido con lo de las películas para maricones, lo siento, mierda, también soy estúpido por eso. *Sin ánimo de ofender.* ¡Ja, ja! Pero quiero intentarlo, Min. Cualquier fiesta que quieras organizar, cualquier cosa, no ir a fogatas. Lo que quieras hacer para ese ochenta y nueve cumpleaños, aunque no recuerde el nombre de quien los cumple.

—Lottie Carson.

Me acerqué a ti, pero levantaste las manos, no habías acabado.

—Y dirán cosas, ¿de acuerdo? Sé que las dirán, por supuesto que las dirán. Tus amigos probablemente también lo hagan, ¿de acuerdo?

—*Sí* —respondí.

Me sentí furiosa, o sentí algo con furia mientras te acompañaba de un lado a otro, esperando caer en tus brazos en movimiento.

—*Sí* —repetiste con una amplia sonrisa—. Vamos a seguir juntos, quiero estar contigo. Vamos a hacerlo. ¿De acuerdo?

—*De acuerdo.*

—Porque no me importa lo de la virginidad, el ser diferente, bohemio, las fiestas extrañas con un pastel repugnante, ese iglú. Simplemente *juntos,* Min.

—Sí.

—Al revés de lo que todo el mundo nos dice.

—¡Sí!

—Porque, Min, escucha, te quiero.

Lancé un grito ahogado.

—No tienes, no tienes que... Sé que es una locura, Joan dice que he perdido realmente la cabeza, pero...

—Yo también te quiero —dije.

—No tienes que...

—Deseaba decírtelo —respondí—. Pero todo el mundo asegura...

—Sí —dijiste—. Yo también. Pero es cierto.

—Sí —admití—. No me importa lo que digan, ni una palabra de lo que digan.

—Te quiero —dijiste de nuevo, y entonces te detuviste y nos lanzamos juntos sobre el sofá, riéndonos, hambrientos, con la boca abierta en un largo y desesperado beso, rodando hacia el suelo, que estaba duro, *ay,* demasiado duro sin los cojines. Nos reímos. Continuamos besándonos, pero el suelo resultaba incómodo.

—¿Qué pasó con los cojines?

—También fue cosa de Joan —respondiste—. Pero a la mierda eso y a la mierda ella.

Me reí.

—¿Qué quieres hacer ahora, Min?

—Probar el Pensieri.

Parpadeaste.

—¿Qué?

—El licor para las galletas —aclaré—. Lo conseguí. Quiero probarlo.

Deseé que no me preguntaras de dónde lo había sacado y no lo hiciste, así que nunca te lo conté.

—El licor para las galletas —repetiste—. Claro. Sí. ¿Dónde está?

Me levanté y lo tomé, sin vasos, y retorcí la parte de arriba de la botella hasta que se abrió y noté aquel aroma extraño e intenso, como a vino pero con un toque de algo, vegetal o mineral, impactante y extraño.

—Tú primero —dije, y te lo pasé.

Frunciste el ceño ante la botella, luego sonreíste, tomaste un trago lento e inmediatamente lo escupiste sobre tu camiseta.

—¡Carajo! —gritaste—. Esto es... ¿qué es esto? Sabe como un higo picante muerto. ¿Qué tiene?

Me estaba riendo tanto que fui incapaz de responder. Sonreíste y te quitaste la camiseta.

—¡No quiero ni tocarlo! ¡Carajo, me cayó en el pantalón!

Trataste de derramar el licor en mi alocada boca y me salpicaste la camisa. Grité y agarré la botella como si fuera una granada de mano, temiendo que cayera Pensieri por todas partes; tú te bajaste los pantalones, sonriendo, yo sentí el pegajoso licor en mi piel, solté la botella, me quité la camisa sin desabotonarla y escuché algo que se rasgaba; un botón rodó bajo la televisión. Respiraba agitadamente bajo el *brassiere*, burlándome de ti mientras luchabas por quitarte los *jeans*. He visto *La llamada de la jungla* en la gran pantalla, Ed, he visto una copia totalmente remasterizada de *Los acróbatas,* pero nunca había visto nada tan hermoso como tú en ropa interior, igual que un niño pequeño, y luego desnudo, riendo a carcajadas, con un hilillo de licor en el pecho, excitado, mirándome en la sala. Conservé esa hermosa imagen en lo más profundo de mi ser durante el camino de regreso a casa horas después, con el Pensieri en el bolsillo del abrigo que te compré y que me habías dado porque el tiempo se había puesto frío y había empeorado, envolviéndome con aquella prenda que nunca volverías a ponerte, abotonándola para que pudiera ocultar mi camisa destrozada, pensando durante todo el camino de vuelta a casa en tu gesto desnudo y sonriente. Nada se le aproximó en hermosura. Ni siquiera lo que conseguiste hacer conmigo después, sin aliento y ruborizada tras responder tu siguiente pregunta, paciente con tus dedos y tu boca que recorrían lentamente mi piel de modo que no podía distinguir los unos de la otra. Conseguiste lo que ningún chico había logrado porque ningún otro me había pedido ayuda con tanta dulzura, pero ni siquiera eso, a pesar de ser estupendo y de cortarme la respiración, superó a tu imagen sonriente. Nunca te lo dije, ni siquiera después de confesarte que te quería todas aquellas veces durante todo aquel día, nunca te dije lo hermoso que fue, al contrario de lo que todo el mundo nos estaba diciendo. Nunca te lo dije porque fue demasiado formidable, hasta ahora que estoy llorando en Leopardi's con mi amigo recuperado y es solo algo que recordar a la luz de aquella maravillosa mañana en la que me sonreías mientras yo te devolvía la sonrisa.

—Y ahora, Min —me preguntaste jadeando—, ¿qué quieres hacer?

Y lo que respondí en aquel momento me ruboriza ahora.

Y LA PERFECCIÓN

ha DESAPARECIDO DE ELLOS

Indeleble es la palabra que utilizan en el libro *Cuando las luces se apagan,* en el que no dejan de hablar de imágenes con esta característica. La máscara metálica del emperador antes de hundirse en la oscuridad en *Reino de furia.* La mirada triste y despectiva de Patricia Ocampo en la diligencia a punto de partir en *Últimos días en El Paso...* Significa, lo busqué en internet para asegurarme, que permanece en tu mente. Yo solo lo había escuchado de la tinta.

Recuerdo una de esas imágenes en la que aparezco en la concha acústica de Bluebeard Gardens. La estoy viendo: llevaba unos *jeans,* la camisa verde que me dijiste que te gustaba pero que ahora probablemente serías incapaz de distinguir entre varias, las bailarinas negras que se salían de mis pies y el suéter anudado a la cintura y colgando porque irme caminando todo el trayecto desde el autobús me haría sudar como loca. Estaba sentada donde tocan las marchas del Cuatro de Julio, donde acuden viejos famosos intérpretes *folk* para cantar gratis sobre el final de las injusticias, mero cemento gris y frío fuera de temporada, con hojas muertas y alguna ardilla ocasional que pasa por ahí frenéticamente. Y yo, sentada con las piernas estiradas en forma de V comiendo los pistaches que tu hermana había condimentado y colocado en esta elegante lata para ti. Nunca se desvanecerá. No es fiel a la realidad —no fue en absoluto así—, porque estábamos juntos, pero cuando rememoro aquello, tú no apareces en la fotografía. En la imagen indeleble, estoy sola comiendo pistaches y alineando perfectamente las cáscaras en semicírculos que se hacen cada vez más pequeños, como paréntesis dentro de otros paréntesis. En la realidad, tú estabas comprobando si había electricidad.

—Aquí hay —gritaste con entusiasmo desde detrás de un montón de lonas—, una hilera entera de enchufes.

—¿Funcionan?

—¿Debería meter los dedos? Estoy seguro de que funcionan. ¿Quién los habría desconectado? Es suficiente para las luces y la música. La vieja grabadora de Joan debería servir, es horrible pero tiene potencia.

—¿Y las luces?

—Nosotros tenemos luces de Navidad, pero es un lío sacarlas. ¿Las tienes tú en algún lugar mejor que nuestro desordenado desván? —esperé—. Ah, claro.

—Claro.

—Tú no celebras la Navidad.

—Yo no celebro la Navidad —repetí.

—¿Y las luces de Hanukkah? —preguntaste regresando a mi lado—. Esas sí las ponen. Me refiero a que es la Fiesta de las Luminarias, ¿no?

—¿Cómo sabes eso?

—He leído sobre los judíos. Quería informarme.

—Bueno, ya.

—Annette me lo contó —admitiste frunciendo el ceño al mirar un pistache abierto—. Pero *ella* lo leyó en algún sitio.

—Bueno, pues yo no tengo. Te ayudaré a encontrarlas en el desván. No son *demasiado* navideñas, ¿verdad?

—Blancas, algunas de ellas.

—Perfecto —dije, y estiré las piernas aún más.

Permaneciste de pie, mirándome y masticando ruidosamente, satisfecho.

—¿De verdad?

—Sí —respondí.

—Y te reíste.

—No me *reí.*

—Pero no se te había ocurrido —dijiste dando unos cuantos pasos rápidos adelante y atrás sobre el escenario, atlético y bello. Bluebeard Gardens era perfecto, con su aspecto desvencijado y pintoresco como *Besos antes de salir al escenario* o *Y ahora las trompetas.* Había sillas para sentarse abajo, en el auditorio. Espacio para bailar, un estrado donde podríamos colocar la comida. Y afuera, más allá del escenario y los asientos, las hermosas esculturas montarían guardia, severas y silenciosas. Soldados y políticos, compositores e irlandeses, todos rodeando el perímetro, enfadados sobre un caballo u orgullosos con un bastón. Una tortuga con el mundo a sus espaldas. Algunas cosas modernas como un gran triángulo negro y tres figuras encima de otra que seguramente proyectan una sombra espeluznante por la noche. Un jefe indio, enfermeras de la guerra de Secesión, un hombre que descubrió no sé qué... la hiedra había cubierto la placa demasiado para verlo, pero llevaba un tubo de ensayo en la mano, donde los pájaros se habían posado, y una carpeta a un lado. Dos mujeres con túnica que representaban las artes y la naturaleza, un regalo de nuestra ciudad hermana en algún lugar de Noruega. Aunque no invitáramos a nadie, formarían una atractiva y glamurosa multitud: el comodoro, la bailarina, el dragón del Año del Dragón de 1916. Yo había venido a merendar aquí algunas veces cuando era niña, pero mi padre siempre decía, puedo escuchar sus palabras, indelebles, que había demasiado ruido. Sin el tumulto era el lugar perfecto, perfecto para la fiesta del ochenta y nueve cumpleaños de Lottie Carson.

—Me pregunto si habrá guardias por la noche —dije.

—No.

—¿Cómo lo sabes?

—Amy y yo solíamos venir por aquí. Ella vivía en Lapp, a solo una cuadra de distancia. Desde su porche se ven los leones.

—¿Amy?

—Amy Simon. En segundo. Se mudó, a su padre le trasladaron. Ese tipo era un verdadero imbécil, estricto y paranoico. Así que solíamos fajar aquí.

—Así que no soy la primera chica a la que desnudas en un parque... —dije sonriendo y pensando en ello. Empecé a meter las cáscaras una por una en esta lata.

Alzaste la vista hacia la curvatura de la concha acústica durante un segundo, «es perfecto por si llueve», me habías asegurado. Habías pensado en todo, habías estado pensando en la fiesta, tú solo.

—Pues sí —dijiste—. Tú eres la única. Aunque no la única a la que *he intentado* desnudar en un parque.

Me reí un poco, metí unas cuantas cáscaras más.

—Imagino que no puedo culparte por intentarlo.

—Todas las chicas —afirmaste—, todas reaccionaban igual, poniéndose frenéticas si mencionaba a otra.

—Soy diferente, lo sé —dije, un poco aburrida del comentario.

—No me refiero a *eso* —exclamaste—. Quiero decir que te quiero.

Cada vez que lo decías, lo decías de verdad. No era como la segunda parte de una película en la que Hollywood reúne a los mismos actores con la esperanza de que funcione otra vez. Se parecía a una nueva versión, con otro director y otro equipo intentando algo distinto y empezando de cero.

—Yo también te quiero.

—No puedo creer que sea esto lo que quieres.

—¿Qué? —pregunté—. ¿A ti?

—No, me refiero a planear una fiesta. Encuentro un parque, simplemente *te lo enseño* y actúas como si hubiera hecho algo.

—Lo *hiciste.* Esto *es* ideal.

—Quiero decir que con mis amigos... les compramos estupideces a nuestras novias.

—Sí, lo he visto por ahí.

—Ositos de peluche, dulces, revistas incluso. No digas que es una estupidez porque todos pensamos eso, todo el mundo, pero es lo que hacemos. ¿Ustedes qué hacen? ¿Se regalan poemas o algo así? Yo no voy a escribirte un poema.

De hecho, Joe solía escribirme poemas. Una vez, un soneto. Se los devolví en un sobre.

—Lo sé. Esto es... me gusta *esto,* Ed. Es un lugar perfecto.

—Y no puedo comprarte flores porque todavía no hemos tenido una pelea, una de verdad.

—Ya te dije que nunca me compraras flores.

Puedo verte alzando los ojos y sonriendo sobre el escenario. Te devolví la sonrisa, como una idiota que no quería flores, y la jodida florería fue donde todo se vino abajo, la razón por la que el fondo de esta caja está cubierto de pétalos de rosa muertos, igual que un santuario en una autopista donde ha ocurrido un accidente.

—¿Tenemos que irnos?

Estábamos de pinta, pero yo tenía un examen.

—Nos queda tiempo, un poco.

—Cielos —exclamaste—, ¿qué podemos hacer mi novia y yo en un parque...?

—Ni lo sueñes —dije—. En primer lugar, porque hace demasiado frío.

Te inclinaste y me diste un largo beso.

—¿Y en segundo?

—En realidad, esa es la única razón que se me ocurre.

Tus manos avanzaron.

—No hace *tanto* frío —aseguraste—. Y no tendríamos que quitárnoslo *todo*.

—Ed...

—Quiero decir que no tendríamos que hacer mucho.

Me zafé de tus brazos y eché las últimas cáscaras en la lata.

—Mi examen —dije.

—Está bien, está bien.

—Pero gracias por traerme aquí. Tenías razón.

—Te dije que era perfecto.

—Entonces, para la fiesta tenemos comida...

—Bebida. Trevor me prometió que lo haría. Aunque no será solo champán, no puedo decir más.

—Bueno. ¿Y Trevor no hará estupideces en la fiesta?

—Bueno —dijiste—, te garantizo que las hará. Pero digamos que no demasiadas.

—Está bien. Entonces, comida, bebida, música, luces. Todo excepto las invitaciones y la lista de invitados.

—Todo excepto —repetiste con una sonrisita.

Te tiré una cáscara y luego me levanté para recogerla. Lo hice sin saber por qué, al menos en aquel momento. No había razón alguna para guardarlas, eran cosas sin importancia, e incluso ahora no parecen nada más. Sin embargo, todo lo demás ha desaparecido. El «quiero decir que te quiero» ha desaparecido, y tu baile sobre el escenario, y toda la perfección para la fiesta. Incluso la fiesta habría desaparecido si la hubiéramos celebrado: la música devuelta a Joan, las luces de nuevo en el desván, la comida digerida y las bebidas vomitadas. Habríamos llevado a Lottie Carson a su casa con gran amabilidad y la habríamos ayudado a atravesar su propio jardín de esculturas hasta la puerta principal por la noche tarde, muy tarde, cansada por la encantadora celebración, agradecida y llamándonos *queridos*. Todo desaparecido, indeleble pero invisible, casi todo menos *todo excepto*. El señor Nelson dijo que había superado mi récord permanente, quince minutos tarde en un día de examen, pero eso también desapareció junto al 8 y la pregunta de redacción en la que choreé por completo, y desaparecida está la razón por la que llegué tarde, cómo corrí hacia ti y te besé en el cuello y apreté mi mano contra tu cuerpo, murmurando que parecía como si te gustara bastante hacer *todo excepto*. No hicimos mucho, como prometiste. Un poco, y ese poco ha desaparecido, veintitantos minutos que salieron disparados hacia dondequiera que vayan los actores cuando la película ha terminado y nosotros estamos parpadeando ante las luces de los rótulos de salida, hacia dondequiera que se marchen los antiguos amores cuando se mudan con los imbéciles de sus padres o simplemente miran hacia otro lado cuando pasan a su lado por los pasillos. Y la sensación, la verdadera perfección de aquella tarde en la que pensaste en mí, que recordaste este jardín y me esperaste a la salida de la clase de Geometría para que me fuera de pinta y viera lo que sabías que me gustaría... esa sensación se ha desvanecido también para siempre.

Pero las cáscaras siguen aquí, Ed. Míralas, ahora son importantes y me pesan en el corazón cuando abro la lata y las agito en mis manos doloridas de escribirte. Se han vuelto indelebles, Ed, porque todo lo demás se ha desvanecido, así que tómalas. Tal vez si tú te quedas con ellas, yo me sienta mejor.

Metropolitan
Multicine
BOBOS III
$10.50
ESTUDIANTES
mm
+13
3:30
Por favor, conserve
este boleto
Disfrute de
la película

Hay una escena en *Veredicto en lágrimas* en la que el abogado de la acusación suelta un ramo de rosas y poco a poco la cámara va descendiendo hacia las flores y los tallos, continúa por la mesa y avanza poco a poco hasta el estrado. Y mientras tanto se escucha a Amelia Hardwick balbucear con indignación, acusación, justificación, histeria y finalmente vergüenza al darse cuenta de que tiene que ser cierto: *Es* una asesina. *Estaba* en el kiosco aquella tarde tranquila. Su amnesia es *real*. Y llora con lágrimas de impotencia, ante la evidencia irrefutable, como un telón que se cierra.

Yo sufro amnesia respecto a *Bobos III*. Si Karl Braughton, con los pulgares en los tirantes, me preguntara: «Min Green, ¿jura que no ha visto ni un solo fotograma de la serie *Bobos*?», yo miraría primero a los serios miembros del jurado y luego a Sidney Juno —que no aparece en la película, pero es tan guapo que lo metería en ella— y respondería sí, *sí*, eso diría, porque esas películas son tan jodidamente estúpidas que me entran ganas de rechinar los dientes. Pero aquí están los boletos, salidos como una bofetada en la cara de esta caja llena de dolor. Así que contempla cómo me postro, negándolo.

Al acaba de verlos y de exclamar: «¡¿*Bobos III?!*», sin dar crédito a sus ojos. Le hubiera dado una cachetada, pero la situación entre nosotros aún es delicada.

Le explicaré que tú querías ir, Ed, así que fuimos. Yo no dejaba de pasear la mirada por la sala casi vacía hasta que me preguntaste si quería un *burka* para que ninguno de mis «*eso que no te está permitido decir*» amigos me viera aquí, asistiendo a mi primera película de *Bobos*. (Apuesto a que ahora lo dices todo el tiempo, ¿no, Ed?: maricón, maricón, *maricón*). En realidad, no buscaba a mis amigos, solo quería descubrir si había alguna otra mujer entre el público. Y la había, acompañando a un grupo de chicos de once años que estaban festejando un cumpleaños. Esto lo recuerdo, pero la película ha quedado borrada por la amnesia a consecuencia, Ed, de lo que me dijiste justo cuando se apagaron las luces y empezó aquella serie horrible de anuncios de coches y colegios universitarios y qué sé yo que el Carnelian ni en un millón de años proyectaría antes de una película, pero que el Metro incluye sin pudor, aunque desde un punto de vista puramente estético, debo admitir que el de Burly Soda es bastante genial. Te volviste hacia mí y dijiste, con un vehículo listo para el combate parpadeando en tu rostro:

—Recuérdame cuando estemos comiendo que hay algo de lo que quiero hablar contigo.

—¿Qué?

—Recuérdamelo cuando estemos comiendo...

—No, ¿qué es?

—Bueno, el próximo fin de semana tenemos que hacer algo ineludible y creo que deberíamos pensar en cómo organizarlo.

Fue como si una gigantesca espátula hubiera caído sobre mí, con fuerza y lanzando salpicaduras. Me senté aplastada, como una repentina y sorprendida hamburguesa, un trozo de carne en un cine repleto de chicos. *¿Ineludible?* ¿Te referías a acostarnos? ¿Al ineludible y jodido *sexo?* ¿Como si no pudiera escapar del próximo fin de semana? Me rodeaste con el brazo. Yo me aseguré de mantener las piernas juntas, aunque una rodilla, la más cercana a ti, la sentía nerviosa y me temblaba. *¿Cómo organizarlo?* Me sentía furiosa, balbuceante, pero también algo más —sumisa, enamorada de ti, *algo*— que me impidió decir algo. *Bobos III* lanzó su ataque, pero yo no vi nada. Ni un solo fotograma, señores del jurado, ni una sola imagen. Si hubiera hecho caras, habrías pensado que era por la película, así que me quedé quieta, intentando detener mi cerebro, no pensar en nada. Traté de evitar cualquier sentimiento, de simular que no era consciente de que, en algún momento, adoptarías esta actitud, lo de ser Ed Slaterton y todo eso, con derecho a la *ineludible* relación sexual. Pero la película, la grosera película con bromas de puños apretados, ha quedado borrada y olvidada. Y lo que me fastidia ahora, mientras Al contempla las entradas como si hubiera encontrado mi identificación de pertenencia al Ku Klux Klan, es que no soy aquella amnésica. Apuesto a que eres tú el que no se acuerda de la sesión de las tres y media en el Metro, que creo que pagaste. Como te olvidaste de todo lo demás, Ed.

—¿Que pensaste qué? —exclamaste.

Estábamos en Lopsided's, el regreso al escenario del robo del azúcar, tú tomándote lo que quiera que coman los chicos por la tarde y que no es ni el almuerzo ni la cena ni las grandes cantidades de palomitas de los cines, hoy un club sándwich y papas fritas, y yo, té, recordándome por enésima vez que debía meter bolsitas de té de buena calidad en el bolso para cuando fuéramos a las cafeterías.

—¿De verdad pensaste que justo antes de que la película empezara iba a decirte que el próximo fin de semana perderías —bajaste la voz y te inclinaste hacia delante para que no se enterara todo el Lopsided's— la virginidad? ¿Algo así como: por cierto, cariño? ¿Qué clase de chiflado piensas que soy?

—De la clase que dice *chiflado*.

—¿Y por eso estuviste sentada de ese modo durante la película? No me extraña que no te haya gustado.

Dejé que el alivio me inundara, como si hubiera saltado dentro de una alberca perfecta y estuviera disfrutando de ese maravilloso instante de tranquilidad antes de empezar a nadar.

—Sí. Por eso no me gustó *Bobos III: ¡Cuidado ahí abajo!*

—Bueno, estaría dispuesto a verla otra vez.

—Cállate.

—¡Lo haría! Por ti, para que pudieras concentrarte.

—Eso es horriblemente encantador. No, gracias.

—Tal vez deberías consultar en ese precioso libro de cine tuyo si está bien que te guste a la primera.

—Tal vez deberías consultar con ese precioso entrenador tuyo si es bueno para tu juego.

—Al entrenador le encantan esas películas. Llevó a todo el equipo a ver *Bobos II* al final de la temporada pasada.

Te miré, eras lo único que tenía. Al no me había llamado, ni siquiera después de que yo le llamara y colgara cuando contestó. No pude darle vueltas a todo esto con su ayuda y nunca lo haré.

—Lo triste es que no sé si estás bromeando.

—Sí, definitivamente hoy no entiendes ninguna de mis palabras. *Ineludible,* carajo. Ya te dije que no tenemos que seguir un programa, que no hay ningún premio.

—Está bien, entonces, ¿a qué te referías? ¿Qué pasa el próximo fin de semana?

—Que es Halloween, tontita.

—¿Qué?

—Bueno, tú querrás ir a lo que organizan tus amigos, que es muy bohemio y eso que no me está permitido decir.

—Es solo una fiesta.

—Como lo mío.

—Sí, en el campo de futbol, con tres alumnos expulsados cada año.

Asentiste con la cabeza, sonreíste y suspiraste, mirando con tristeza tu plato vacío, como si quisieras comerte otro club sándwich con papas fritas.

—Todavía echo de menos a Andy.

Suspiré también, mientras tú clavabas un palillo imaginario como una bandera en la frontera entre los dos. Quién sabe por qué demonios todo había evolucionado de aquel modo. Pero, tras años de vergonzoso desenfreno etílico en las fiestas estudiantiles de Halloween, la Asociación de Nosequé Cívica decidió tomar medidas contra el vergonzoso desenfreno etílico en las fiestas estudiantiles de Halloween y aunó todas las fiestas estudiantiles en un batidillo de vergonzoso desenfreno etílico en un campo de futbol, este año el del Hellman, llamado Juerga de Halloween para Toda la Ciudad. En ella, todos los equipos deportivos de todas las prepas, excepto los de natación, se disfrazaban igual y competían por conseguir estúpidos vales de regalo en un concurso sobre el escenario que siempre degeneraba en chicas que se quitaban las playeras y el estacionamiento convertido en un absoluto océano de vómito, consecuencia de los barriles de cerveza alineados sobre troncos y aparentemente invisibles para los entrenadores que vigilaban vestidos siempre con los mismos rechonchos trajes de Superman con falsos músculos de espuma que ofrecen un aspecto apelmazado bajo la luz artificial. O eso he visto en las fotografías del anuario, porque nunca he ido, ya que le debo lealtad a la otra bandera, el otro batidillo de vergonzoso desenfreno etílico en el que todos los grupos de teatro y arte de todas las prepas hacen un fondo común con el dinero que recaudan a lo largo de todo el año vendiendo dulces en auditorios y salas multiusos de toda la ciudad en los intermedios de sus representaciones, como *¡No se lo digas a la momia!*, *Nubes de verano*, *Mi ciudad, tu ciudad* y *¡Por los clavos de Cristo!*, para alquilar un local y obligar a todos los estúpidos consejos estudiantiles de todas las estúpidas prepas a turnarse para discutir en una sala y a través de correo electrónico sobre el tema, la decoración y la distribución de carteles por todas partes, por no mencionar los disfraces, elaborados con maquinaria real y plumas, y los diálogos interpretados sobre un escenario improvisado para ganar estúpidos vales de regalo en un concurso que siempre degenera en una lasciva tarima con bailes improvisados cuando, como siempre, los Shrouded Skulls toman el escenario, lo que seguirán haciendo hasta que el sol implosione, en medio de un remolino de hielo seco y bolas disco y comienzan a tocar *Snarl at Me, Sweetheart,* (Grúñeme, cariño), mientras el cantante recorre la sala con la mirada en busca de la ingenua vestida con alas de ángel a la que sacará a su coche fúnebre en medio de una nube de humo de cigarrillos de clavo cuando su grupo haya acabado. Estaba cansada de todo eso, nunca me había gustado, pero por supuesto iba a ir, igual que tú a la Juerga de Halloween para Toda la Ciudad, el baile y la juerga, y así todo el mundo elegía bando.

—¿Dónde es este año? —preguntaste.

—En el Scandinavian Hall.

—¿Cuál es el tema?

—Pura maldad. ¿Y lo suyo tiene algún tema?

—No.

Sonreímos de manera forzada, tú pensando que era peor tener un tema y yo pensando que era peor no tenerlo, aunque al menos los dos estábamos de acuerdo en que cualquiera de las dos opciones era esencialmente lamentable.

—Tus amigos ¿enloquecerían si tú no...? —preguntaste.

—*Tengo* que ir —respondí—. Mis amigos ya me odian, así que no puedo escaparme. Pero nadie se dará cuenta si tú faltas a la tuya, ¿no?

—Min, el equipo ya tiene los disfraces.

—Era una broma —dije con tristeza y mintiendo—. ¿De qué van?

—Somos una cadena de presos.

—¿Eso no es un poco racista?

—Creo que a todo el mundo lo dejan estar en una cadena de presos, Min. ¿Y tú?

—No lo sé, siempre lo dejo para el último momento. El año pasado iba de periodismo amarillista, pero no fue uno de mis mejores disfraces. La gente pensaba que era el típico periódico sobre el que se mea un perro.

Te reíste tras el agua con hielo y sacaste dos cosas de tu bolsillo trasero: una, algo muy preciado para ti, la otra, una pluma.

—Hagamos un plan.

—Podríamos llamar a nuestros amigos y decirles que estamos enfermos. El Carnelian organiza todos los años en Halloween un maratón de películas de terror de Kramer.

—Nadie se tragará eso. No, me refiero a un *plan*.

Tomaste tres servilletas del servilletero y estiraste una. Una nueva frontera. Mordiéndote el labio como sueles hacer, dibujaste algunas cosas, atento y cuidadoso, aunque fui yo quien retiró tu plato para que tuvieras espacio. Sonreí y te sonreí y seguí sin mirar la servilleta hasta que me cachaste y diste unos golpecitos con la pluma.

—Bueno, esto es la prepa.

—Te ves muy guapo cuando dibujas.

—*Mín.*

—Es *cierto.* ¿Haces esto todo el tiempo?

—Ya me habías visto hacerlo antes. Es como los bocetos para la fiesta.

—¿Has hecho bocetos para la *fiesta?*

—Ups, no eras tú. Estaba intentando imaginar cómo quedarían las luces colgadas. Fue en..., eh, ah, sí, en clase de Política, debió de ser con Annette. Pero sí, lo hago, me ayuda a pensar. Ya sabes cómo soy con las matemáticas y esas cosas.

—Ya sabes que te quiero —dije—. Está bien, esto es la prepa. Espera, ¿dónde está el gimnasio?

—No importa, no entra en el plan.

—De acuerdo. Entonces, el jardín está *aquí.*

—Es un campo de futbol. No lo llames jardín.

—Un trozo de hierba donde la gente se sienta y pasa el rato es un jardín.

—Que hayamos robado cosas en este sitio no lo convierte en un banco.

Estabas mejorando en tu manera de hablar conmigo de aquel modo, el típico diálogo de bote pronto tan interesante en todas las películas de *Chapado a la antigua.* Te alboroté el pelo.

—Está bien, ahí está tu precioso campo de futbol. Ahora dibuja una bola de borrachos disfrazados.

—No tardaremos en verlos. Ahora, subiendo por aquí está el Scandinavian ese, en algún punto alrededor de aquí.

—Está justo al lado del cementerio, así que es...

—De acuerdo, aquí —dijiste delineando el parque con cuidado y luego todo el vecindario intermedio.

Perfecto.

—¿Siempre usas eso?

—¿Esto? Sí. Y no empecemos con que el otro es un *nerd* porque ese juego lo ganaría yo.

—No. Me gusta.

Alzaste los ojos sin creerme, pero era cierto, Ed, me encantaba cómo tu cerebro matemático te impulsaba por la servilleta.

—*Ya está* —dijiste al terminar una línea—. Demasiado lejos para ir caminando, ¿no?

—¿Desde dónde?

—De uno a otro. Quiero decir que tenemos que ir a las dos fiestas, ¿verdad?

Me incliné sobre la escuela y te besé.

—Pero no podemos ir caminando —continuaste, tan concentrado que el beso solo te arrancó una ligera sonrisa—. Así que en autobús. Pero el autobús va en esta dirección, baja hacia aquí en algún lugar y luego gira.

Debías tener el mismo aspecto cuando eras un niño, pensé, así que decidí pedirle a Joan que me enseñara fotos antiguas. Insinuaste simplemente el recorrido que hacía el autobús más allá de donde nos interesaba, dejando la mitad del mapa dibujado con precisión y la otra mitad solo de manera aproximada, igual que lo que sabía de ti y lo que creía saber de ti.

—Tampoco parece una buena opción. El autobús no va a servirnos.

—¿Qué me dices de esa otra línea, no me acuerdo del número, la que va por aquí?

—Ah, sí. La 6, creo. Va por aquí y luego *por aquí.*

Miramos el dibujo.

—¿Tu hermana...? —sugerí.

—Ni lo sueñes. Nunca me deja el coche las noches en las que puede haber gente bebiendo. Seamos realistas.

—Sí —respondí. Tus líneas estaban más rectas de lo que nadie conduciría esa noche—. Oye, el 6 acaba aquí, en este extremo de Dexter, ¿no?

—Ah, sí. Me acuerdo de cuando salía con Marjorie.

—¿Vive por aquí?

—No, daba clases de *ballet* en un lugar raro de esta zona.

—Entonces —dije tomando tu pluma y dibujando una línea de puntos con ella—, empezamos con tu juerga y nos escabullimos por aquí, lo más probable es que la gente piense que vamos solo a fajar.

—Y lo haremos —aseguraste recuperando la pluma y marcando una X que me ruborizó e ignoré.

—Luego tomamos el autobús aquí y nos bajamos *aquí* y recuperamos fuerzas en In the Cups. No sé dibujar una taza. A continuación, caminamos ocho manzanas por como se llame —*punto, punto, punto*—, tomamos el 6 y paramos aquí. Por último, atravesamos por aquí y, *voilà!*, estamos en el baile.

Parpadeaste, sin devolverme el *voilà!* Mis líneas punteadas habían invadido tu pulcro dibujo.

—¿A través del cementerio y por la noche?

—No te pasará nada —respondí—. Estarás con el segundo capitán del equipo de basquetbol... ah, espera, que esa soy yo.

—No es seguro —dijiste—. Olvídalo.

Y recordé por qué es famoso el cementerio, aunque *famoso* no sea la palabra adecuada, más bien por qué nadie ronda por ahí. En todos los sitios los hay, supongo, un parque o un lugar donde los hombres van por la noche a hacerlo entre ellos en secreto y en la oscuridad.

—Mantendremos los ojos cerrados —exclamé—, para que los maricas no nos lo peguen.

—Si yo no puedo decir *marica,* tú tampoco.

—Puedes decir *marica* —repliqué— cuando realmente estés hablando de un gay. Pero ¿cómo sabes lo del cementerio?

—Dime primero cómo lo sabes *tú.*

—Dejo a Al ahí la mayoría de las noches —respondí sintiendo que la broma se me pegaba a la garganta.

Te tapaste la cara, *mi novia está completamente loca.*

—Es verdad —respondiste con valentía—, me lo encuentro ahí cuando hago una parada técnica para relajar la tensión de *todo excepto.*

—Cállate —exclamé—. Te encanta *todo excepto.*

—Sí —sonreíste—. Y hablando de eso. Quería...

—¿Sí?

—Mi hermana...

—¿Cómo? ¿Hablando de *eso,* tu hermana?

—Bueno, ya. Se va a ir.

—¿Qué?

—El fin de semana. No este, el de Halloween, sino el siguiente.

—¿Y?

—Y mi madre no ha vuelto —continuaste—, así que tendré la casa para mí. Podrías, ya sabes...

—Sí, ya sé.

—*Pasar la noche en mi casa* es lo que iba a decir, Min.

—También dijiste que no teníamos que seguir ningún programa. Aunque *simplemente* lo dijiste.

—No teníamos. No *tenemos.* Yo solo...

—No quiero perder la virginidad en tu cama —respondí.

Suspiraste contra la servilleta.

—¿Te refieres a que no la quieres perder en mi cama o conmigo?

—En tu cama —respondí—. O en tu coche o en un *parque.* Quiero que sea en algún sitio... te vas a reír, en algún sitio extraordinario.

No te reíste, eso debo reconocértelo, Ed.

—Extraordinario.

—Extraordinario —repetí.

—De acuerdo —dijiste, y luego sonreíste—. Tommy y Amber la perdieron en el almacén del padre de ella.

—Ed.

—¡Es cierto! ¡Entre dos refrigeradores!

—No ese tipo de...

—Lo sé, lo sé. No te preocupes, Min. No es a lo que pensaste que me refería con *ineludible.* Quiero que estés... no me sale la palabra —suspiraste de nuevo—. *Feliz.* Y por eso vamos a tomar dos autobuses y a atravesar un lugar de maricas en la noche de Halloween.

No supe qué actitud tomar ante ese *maricas,* así que lo dejé pasar.

—La pasaremos bien —mentí.

—Tal vez el fin de semana siguiente —añadiste tímidamente, y justo en ese instante lo deseé, sintiendo un hambre voraz en la boca y el regazo. Fue muy intenso. Sáciala con algo, pensé, pero no sabía con qué.

—Tal vez —respondí por fin.

—Es complicado —dijiste regresando a la servilleta, y luego me miraste.

Querías empujarme, pude verlo, arrastrarme al otro lado de nuestras fronteras de modo que pudiéramos divertirnos juntos, alejados del resto del mundo.

—Pero —dijiste—, no, sin *pero*. Te quiero.

Café, pensé, eso era lo que necesitaba.

—Bebamos por ello —sugerí.

—Un brebaje revitalizante —afirmaste, lleno de energía y entusiasmo. Hiciste una seña con la mano a la mesera y empezaste a arrugar nuestro plan.

—Espera, espera.

—¿Qué pasa?

—Dame eso. No destroces nuestro plan.

—Nos acordaremos sin esto.

—Aun así lo quiero.

—¿No le contarás a Al ni a nadie que hago estos dibujos de eso que no me está permitido decir? —preguntaste.

—No se lo contaré a Al —respondí con una triste promesa—. Es solo para mí.

—¿Solo para ti? —repetiste—. Bueno.

Te encorvaste un segundo mientras pedía mi café, ignorando las miradas que te lanzaba la mesera. Me lo pasaste, pero yo ya había tomado lo que quería, había vuelto a robar en Lopsided's, así que te distraje con la conversación hasta que vino el café y olvidaste que había desaparecido. Aunque tú también

me la jugaste; sin embargo, descubrí el reverso de la servilleta
demasiado tarde, no cuando llegué a casa, ni cuando la guardé
en la caja, sino cuando tenía el corazón destrozado y lloroso,
cuando ya no era cierto. Igual que nosotros descubrimos, cuando la mesera soltó el café y la cuenta y se fue sigilosamente, que
no había azúcar en nuestra mesa: cuando era demasiado tarde,
Ed, para solucionarlo.

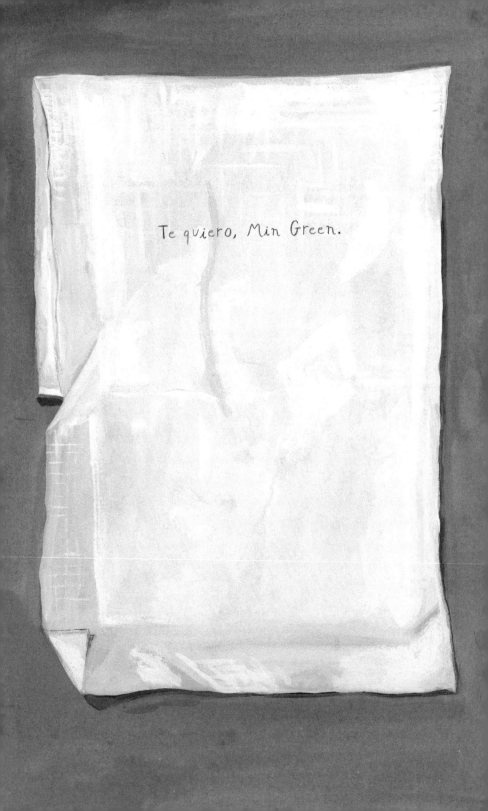

Te quiero, Min Green.

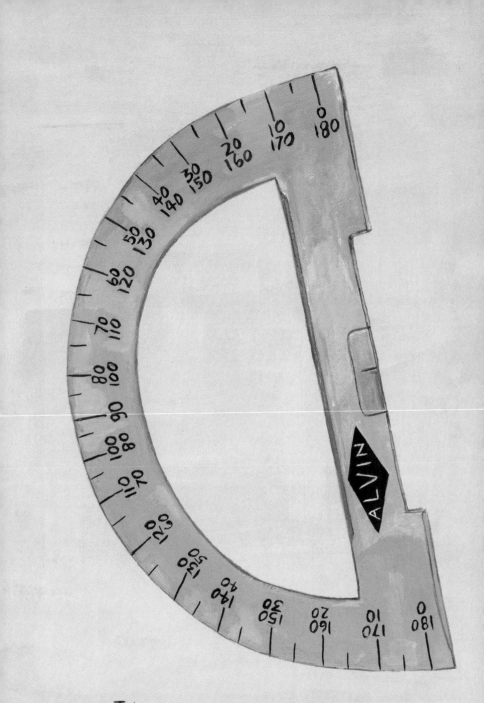

Una IdIOTA, eso es Lo Que Soy

Esto es lo que me robé. Te lo devuelvo. Pensé, mi maldito exnovio, que era encantador que llevaras esto encima para ayudarte a organizar tus ideas. Encantador, todo el rato en tu bolsillo. Tampoco soy una chiflada. Una idiota, eso es lo que soy.

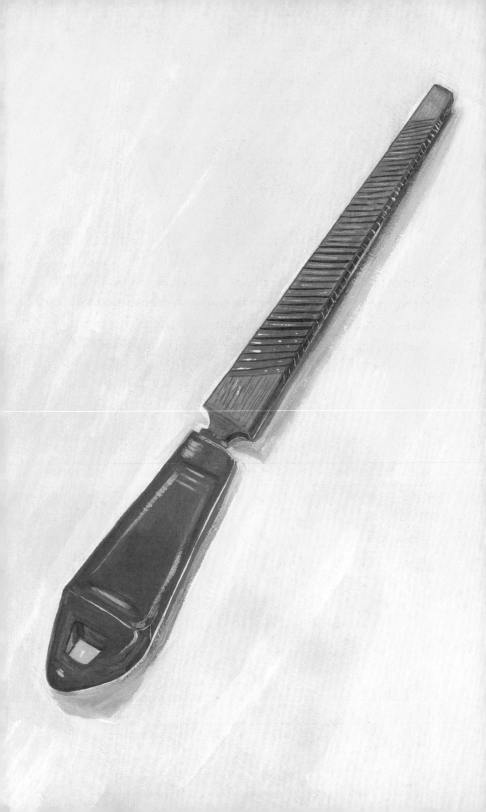

Esto tampoco llegaste a verlo. Estuve plantada con esta cosa entre las manos en Green Mountain Hardware, sola, callada y tratando de conjurar a Al junto a mí para poderle preguntar cosas que solo él podía saber. ¿Es esto una lima de verdad, como la que utilizan en *Huida al amanecer* o *Fugitivos a la luz de la luna* para escapar mientras los persiguen los perros y el alambre de púas se recorta sobre la luz de los reflectores? Al y yo habíamos visto esa sesión doble como parte de la Semana Carcelaria del Carnelian, que irónicamente terminó con un documental de Meyers sobre los internados. El cine estaba casi vacío aquel día, ¿a quién más se lo podía preguntar? A los trabajadores del Green Mountain, con sus chalecos y auriculares, no les podía decir: «¿Se puede meter esta lima en el horno?». Nos imaginé, a ti y a mí, víctimas de un pacto de suicidio accidental, envenenados por hierro a consecuencia de la sorpresa que quería que compartiéramos. Deseaba con todas mis fuerzas llamar a Al y decirle: «Sé que estamos enojados, tal vez para siempre, pero ¿podrías aclararme solo esta cuestión sobre el metal y la cocina?», pero por supuesto no lo hice. *Joan*, pensé, tal vez podría llamar a Joan, y entonces apareció Annette doblando la esquina.

—Hola, Min.

—Annette, hola.

—¿Qué haces aquí?

—De compras para Halloween —dije alzando la lima.

—Vaya, yo también —exclamó ella—. Necesito unas cadenas. ¿Me acompañas?

Nos dirigimos hacia donde estaban, una hilera de rollos brillantes de los que podías jalar y comprar por metros. Annette las observó como si fueran verdaderas joyas, deteniéndose para colocar su brazo totalmente desnudo contra ellas.

—¿De qué vas a disfrazarte? —le pregunté.

—Estoy tratando de ver cómo se sienten —respondió—. No sé, es una especie de traje medieval que estoy haciendo con otra persona. Pero *ajustado,* ya sabes.

De zorra, es lo que pensé. Todas las chicas que salen con deportistas se disfrazan de zorras: bruja zorra, gata zorra, prostituta zorra.

—¿Piensas que podría llevarlas sin *brassiere*?

—¿De verdad? —traté de no gritar.

—Me refiero a envolverme con ellas como si fuera una camiseta sin tirantes. No soy tan corriente.

—Creo que al final de la noche tendrías moretones —dije. Se dio la vuelta para mirarme.

—¿Me estás amenazando? —respondió.

—¿Qué? ¡No!

—Es una broma, Min. *Una broma.* Ed me dijo que es él quien no capta *tus* bromas. Carajo, como diría él.

—Carajo —asentí tontamente.

—¿Para qué es eso?

—En realidad, no lo he decidido —respondí—. Estaba pensando... ¿sabes que Ed va de prisionero?

—Sí, la cadena de presos.

—¿Has visto en las películas antiguas de prisioneros que solían meter una lima dentro de un pastel? Para cortar los barrotes o algo así. Y la esposa fiel los ayuda teniendo el coche encendido junto a la puerta trasera.

Annette miró con recelo la lima.

—¿Tú eres la *esposa* de Ed para Halloween?

Estaba sonriendo, pero era como si me hubiera llamado estúpida a la cara. Me sentí desaliñada mientras sus brillantes ojos permanecían clavados en mí, una imbécil con pantalones y zapatos de gordo.

—No —dije—. Solo iba a prepararle un pastel para animarle ese día.

—Por lo que recuerdo, siempre está animado —respondió Annette con una ligera sonrisa.

—Ya sabes a qué me refiero.

—Lo sé. Entonces, ¿de qué vas a ir?

—De celador —respondí.

—¿Qué?

—¿El que cuida de la prisión?

—Oh, sí. Genial.

—Sé que es una tontería, pero tengo un abrigo de mi padre que puedo usar.

—Genial —repitió desenrollando su elección.

—Yo no podría, ya sabes. No me van los trajes *sexys*.

Annette se detuvo y me examinó de arriba abajo, probablemente por primera vez, pensé.

—Por supuesto que te van, Min. Es solo que... —y se mordió el labio como diciendo «no importa».

—¿Qué?

—Bueno, que eres... sé que no te va a gustar.

—¿Cómo?

—Eh...

—Ibas a decir *bohemia*.

—Iba a decir lo que Ed repite siempre. Tú eres distinta, no necesitas hacer este tipo de cosas —levantó la cadena con desdén—. Tienes un buen cuerpo, de verdad, eres guapa y todo eso. Pero tienes también todo lo demás. Por eso las otras están celosas de ti, Min.

—No están celosas.

—Sí —respondió casi enfadada, mirando hacia las cadenas—. Lo están.

—Bueno, si están celosas, es solo porque salgo con Ed Slaterton, no por mí —dije.

—Exacto —afirmó, y sacudió el pelo—. Pero tú eres la que se lo llevó —hizo un gesto con la cabeza hacia la lima—. Sería mejor que llevaras un arma el sábado por la noche. Todas las chicas serán Cleopatras vampiresas que tratarán de alejarlo de ti con sus garras.

Annette se rio y yo decidí reírme también. Se está quedando conmigo, pensé, y luego dije en voz alta:

—Una lucha de gatas. A los chicos les encantará, chica contra chica.

—Podríamos cobrar entrada —sugirió simulando que me arañaba—. ¿Lista?

Había decidido, rotundamente, no comprar la estúpida lima. Con ella entre las manos, acompañé hasta la caja registradora a Annette, que avanzaba entusiasmada junto a su dependiente, que cortó la cadena y le hizo un descuento. El mío me dio el cambio y un recibo.

—¿Quieres tomarte un jugo o alguna tontería así?

—No, gracias —respondí saliendo con ella—. Tengo que regresar a casa y terminar el disfraz.

—No te habrás asustado por lo que te dije del sábado, ¿verdad? Era una broma.

—No —aseguré.

—Bueno, una especie de broma —aclaró con una sonrisa, cambiándose de mano la bolsa con las cadenas—. Quiero decir que todo el mundo sabe que está contigo.

—Jillian no.

—Jillian es una *zorra* —exclamó con demasiada dureza.

—¡Vaya!

—Es una larga historia, Min. Pero no te preocupes por ella.

Miré con tristeza los coches mojados. Había estado lloviendo, mi pelo judío, rizado, oscuro y encrespado, se había convertido en una horrible nube de contaminación, e iba a llover más. Fuera de Green Mountain, me sentía desprotegida, vulnerable como la llama de un cerillo, como un cachorrito perdido en las calles sin madre, ni collar, ni una caja de cartón a la que llamar hogar.

—Me preocupa todo el mundo —por qué no responder de manera honesta—. No dejan de decirnos que somos *diferentes*. Ahora está conmigo, pero tienes razón, alguien se lo podría llevar. Para todos sus conocidos, yo soy una extraña.

241

No se molestó en asegurarme que me equivocaba.

—No —dijo—. Él te quiere.

—Y yo lo quiero a él —respondí, aunque lo que quería decir era *gracias*. Pensé, la idiota que había en mí, la imbécil con una lima en una bolsa, que Annette me estaba cuidando.

—*And love, who can say the way it winds like a serpent in the garden of our untroubled minds* (Y el amor, quién sabe qué camino tomará, como una serpiente en el jardín de nuestras mentes calmadas) —recitó.

—¿De quién es?

—Salleford —respondió—. Alice Salleford. Literatura de primero. Pensé que la bohemia eras tú.

—Yo no soy bohemia —objeté.

—Bueno, eres algo —dijo, y me dio un rápido abrazo de adiós con sonido de cadenas.

Como era de esperar, empezó a llover. Annette se fue guareciendo de toldo en toldo y se despidió con la mano antes de desaparecer. Estaba hermosa, hermosa bajo la lluvia y con aquella ropa. La lima produjo un ruido metálico al golpearme, aquella estúpida idea que nadie habría entendido si la hubiera llevado a cabo. Ni siquiera tú, Ed, la habrías entendido, pensé viéndola irse. Por eso rompimos, así que aquí la tienes. Ed, ¿cómo pudiste?

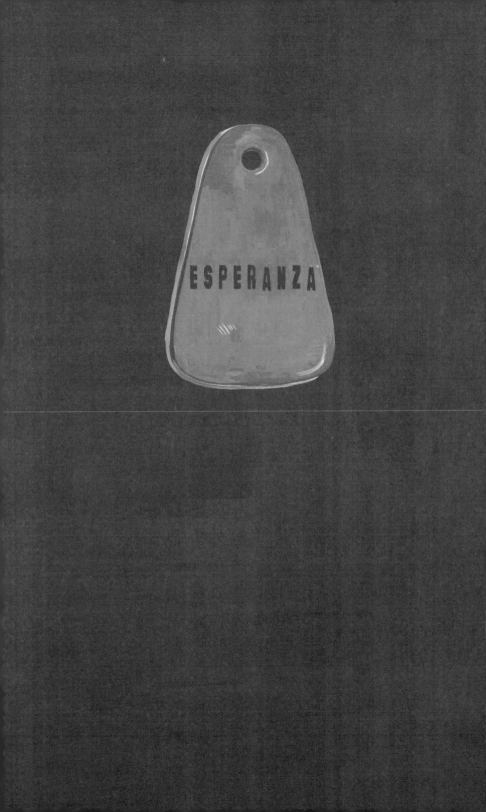

Esto no es tuyo. Alguien lo dejó en un sobre pegado a mi casillero, sin escribir siquiera mi nombre en él. Pensé que sería
algo de tu parte, pero llegó a mí sin nota alguna. Y cuando lo
sujeté entre mis manos, sentí la ira de Al, malhumorado, ho-
nesto, increíblemente furioso. Mi boleto gratis, ganado por ha-
berle ayudado a pegar carteles. Maldito subcomité. Podría
haberme obligado a comprar uno, pero ahí estaba, un regalo
envuelto en enojo. No es tuyo, pero te lo devuelvo porque fue
culpa tuya. Los de los grupos de teatro encargan estas creativas
fichas en vez de boletos para poderlas llevar alrededor del cuello todo el año, si eres tan perdedor como para mostrar que
fuiste al Baile de Todos los Santos para Toda la Ciudad. Yo
nunca guardaba las mías, simplemente las dejaba en un cajón o
por ahí. ESPERANZA, qué gracia. Es un recuerdo de la noche,
admitámoslo ahora —un Halloween de pura maldad—, de la
noche en la que debimos haber terminado.

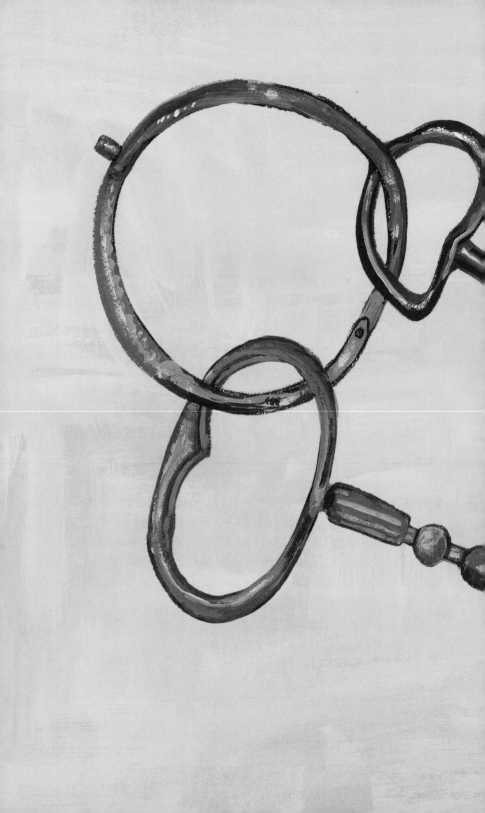

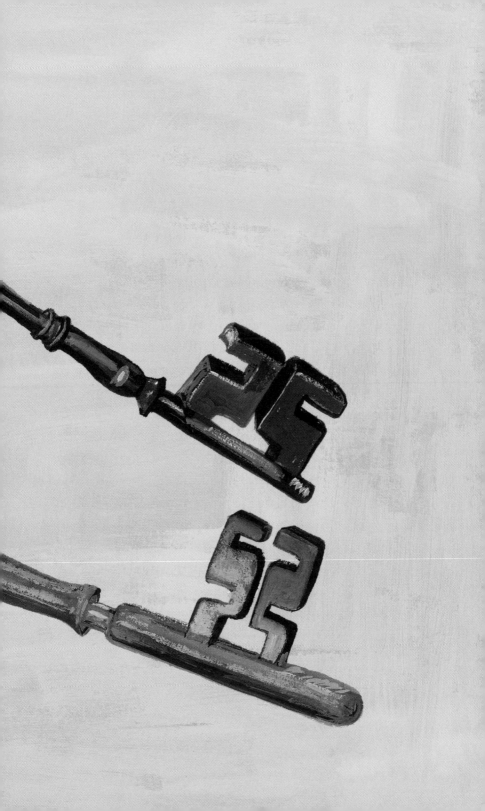

Entonces, ¿por qué rompimos? Cuando pienso en ello ahora, cuando reflexiono, recuerdo lo cansada que me sentía el sábado de Halloween por haber madrugado para escaparme a Tip Top Goods y comprar esto, que nunca te di. Más tarde, estuve bostezando en el jardín mientras pintaba con *spray* una vieja gorra que había comprado en una tienda de beneficencia y que solía ponerme en primero, entrecerrando los ojos para asegurarme de que el gris combinaba con el abrigo de mi padre, mientras Hawk Davies fluía por la ventana de mi habitación para hacerme disfrutar de ese magnífico fragmento de *Take Another Train* (Toma otro tren) en el que se marca un solo y se escucha un débil grito de reconocimiento, «Muy bien, Hawk, muy bien», al tiempo que yo sonreía bajo el cielo despejado. No iba a llover. Tú y yo íbamos a ir a la fiesta y al baile y todo saldría bien —extraordinario, incluso—. No tuve ninguna intuición de lo contrario. Recuerdo mi felicidad, puedo notarla y siento que entonces los dos éramos felices, no solo yo. Supongo que puedo aferrarme a cualquier cosa.

—Qué alegría verte contenta —dijo mi madre mientras salía con un té humeante.

Había permanecido encogida, pensando que me diría que el jazz estaba demasiado alto, que teníamos vecinos.

—Gracias —respondí al tomar mi Earl Grey.

—Aunque sea con el abrigo de tu padre puesto —añadió, ya que este año habíamos decidido que se podía hablar mal de papá.

—Solo por ti, mamá, intentaré estropearlo esta noche.

Se rio un poco.

—¿Cómo?

—Humm, le tiraré bebidas encima y me revolcaré en el lodo.

—¿Cuándo voy a conocer a ese chico?

—*Mamá.*

—Solo quiero conocerlo.

—Quieres dar tu aprobación.

—Te quiero —fue su intento, como siempre—. Eres mi única hija, Min.

—¿Qué quieres saber? —pregunté—. Es alto, delgaducho, educado. ¿No te parece educado por teléfono?

—Por supuesto.

—Y es capitán del equipo de basquetbol.

—Segundo capitán.

—Eso significa que hay otro capitán.

—Sé lo que significa, Min. Es solo que... ¿qué tienen en común?

Tomé un sorbo de té en vez de sacarle los ojos con las uñas.

—Los disfraces temáticos de Halloween —respondí.

—Sí, ya me lo contaste. Todos los del equipo van de prisioneros y tú los acompañas.

—No los *acompaño*.

—Sé que es un chico popular, Min. La madre de Jordan me lo dijo. Simplemente no quiero que te lleven por ahí como... como una cabra.

—¿Una cabra?

—Yo soy el *celador* —dije—. Soy yo quien los lleva a *ellos*.

No era cierto, por supuesto, pero que se jodiera.

—De acuerdo, de acuerdo —exclamó mi madre—. Bueno, el disfraz está mejorando. Y ¿qué es esto?

—Unas llaves —respondí—. Ya sabes, un carcelero lleva llaves —por alguna estúpida razón decidí hacerla partícipe durante un segundo—. He pensado que podría enganchármelas en el cinturón y luego, al final de la noche, dárselas a Ed.

Mi madre abrió los ojos de par en par.

—¿Qué pasa?

—¿Vas a darle esas llaves a Ed?

—¿Por qué no? Es *mí* dinero.

—Pero, Min, cielo —dijo colocando su mano sobre mí. Deseé rociarle la cara con *spray* para volverla gris, aunque, de repente pero sin que me sorprendiera, me di cuenta de que ya estaba gris—. ¿Eso no es un poco... ya sabes?

—¿Qué?

—¿Simbólico?

—¿Cómo?

—Quiero decir...

—*Puaj*. ¿Te refieres a una broma sexual? ¿La llave en la cerradura?

—Bueno, la gente pensará...

—Nadie piensa así. Mamá, eres *asquerosa*. *De verdad*.

—Min —dijo en voz baja y con los ojos recorriéndome como un reflector—, ¿te estás acostando con ese chico?

Ese chico. Una cabra. Eres mi hija. Era como una comida mal hecha que me obligaban a tragar y era incapaz de retener en el estómago. Sus dedos seguían sobre mí, rozándome el hombro como unas pequeñas tijeras escolares, desafiladas, torpes, inútiles, sin ser de verdad.

—¡Eso no, no, *no* es asunto tuyo! —exclamé

—Eres mi hija —respondió ella—. Te quiero.

Bajé tres escalones hacia el camino de entrada para mirarla, con las manos en sus caderas. En el suelo, sobre periódicos, estaba la gorra que iba a ponerme. ¿Sabes cuánto me ha fastidiado, Ed, reconocer que mi propia madre tenía razón? Debí de gritar algo y ella debió de responderme vociferando y lo más seguro es que entrara en casa atropelladamente. Pero lo único que recuerdo es cómo la música se desvaneció, acabándose de manera vengativa para dejar de conformar la banda sonora de aquel día. Que se joda, pensé. «Muy bien, Hawk, muy bien». De todos modos, ya había terminado.

Sin embargo, no te di las llaves. El día fue avanzando hacia el atardecer mientras yo hacía unos cuantos deberes, dormitaba, echaba de menos a Al, pensaba en llamar a Al, no llamaba a Al, me vestía y me iba lanzando una mirada envenenada a mi madre, que estaba echando pequeños chocolates en un recipiente para luego comérselos sentada mientras esperaba a los chicos. El niño al que solía cuidar estaba en la esquina, tirando huevos a los coches mientras el sol se ponía. Me hizo un gesto obsceno con el dedo medio. Supongo que el mundo estaba degenerando, como en esa nueva versión japonesa de *Rip van*

Winkle titulada *Las puertas del sueño* que Al y yo no vimos hasta el final; cada vez que el héroe se despertaba era más deprimente: muere la mujer, los hijos se convierten en unos borrachos, la ciudad está cada vez más contaminada, los emperadores son más corruptos y la guerra es infinita y cada vez más y más sangrienta. Al dijo que debería haberse llamado: *¿Estás de buen humor? Nosotros lo arreglamos: la película.*

Debí haberme dado cuenta de que mi disfraz iba a ser un desastre cuando en el autobús un tipo viejo que no bromeaba para nada me dio las gracias por mis servicios, pero hasta que no pasé bajo el arco de globos de color naranja y negro para buscarte no lo vi totalmente claro, gracias a Jillian Beach.

—Oh, Dios mío —exclamó ya alegre y vestida con unos pantalones cortos de rayas rojas y blancas y un *brassiere* de pañuelos azules. El frío de la noche le había erizado el vello como un puercoespín; Annette tenía razón, no había por qué asustarse de ella.

—¿Qué pasa?

—Realmente estás *tocada,* Min. ¿Una chica judía disfrazada de Hitler?

—No soy Hitler.

—Te van a expulsar. Vas a conseguir que te expulsen.

—Soy un celador, Jillian. ¿De qué vienes tú?

—De Barbara Ross.

—¿Quién?

—Inventó la bandera.

—*Betsy,* Jillian. Nos vemos, ¿de acuerdo?

—Ed no está aquí —respondió.

—No pasa nada —dije, aunque ni siquiera traté de resultar convincente, me había llamado nazi demasiado temprano en una fiesta al aire libre.

Unos cuantos estudiantes de primero pasaron a mi lado charlando, ataviados con orejas de rata. Un puñado de Dráculas se acicalaba en un rincón. Ya estaban poniendo esa canción que odio, mientras los entrenadores sorbían café y sudaban bajo sus capas. Fue Trevor, quién lo habría pensado, quien me rescató, cojeando y con un pie enyesado.

—Hola, Min. ¿O debería decir agente Green?

Mejor un poli que Hitler.

—Hola, Trevor. ¿De qué vienes tú?

—De un chico que se rompió el pie ayer y por eso no puede estar en la cadena de presos.

—Harías cualquier cosa con tal de no bailar sobre el escenario.

Se rio de manera estridente y sacó una cerveza de algún sitio.

—*Eres* divertida —dijo como si alguien hubiera afirmado lo contrario, y dio un trago antes de pasarme la botella. Podría asegurar que se la había ofrecido a todas las chicas, a todo el mundo, y que hasta llegar a mí nadie se la había devuelto sin tocarla.

—Ahora no.

—Ah, es verdad —exclamó—. No te gusta la cerveza.

—Ed te lo dijo.

—Sí, ¿por qué? ¿No debería saberlo?

—No, está bien —respondí buscándote.

—Porque me lo cuenta todo, siempre.

—¿De verdad? —dije desistiendo de mi búsqueda y mirándolo fijamente a los ojos.

También estaba borracho, como de costumbre, o tal vez nunca lo estuviera, así que me di cuenta de que no lo conocía lo suficiente como para notar la diferencia.

—Sí —respondió—. Las novias de Slaterton tienen que acostumbrarse a ello y si no pueden soportarlo, largarse.

—¿Largarse?

—Largarse —repitió asintiendo con un balanceo de cabeza. Incluso borracho, si es que lo estaba, su aspecto era suficientemente bravucón para decir palabras como *largarse*—. Ed y yo hablamos.

—¿Y qué te ha contado?

—Que te quiere —respondió Trevor al instante, sin avergonzarse—. Que pasaste la prueba con su hermana. Que aguantaste lo de su asunto con las matemáticas. Que están planeando una extraña fiesta para una estrella de cine y que tengo que conseguir el jodido *champán* o me pateará el culo. Y que no lo dejas decir *marica*, algo que me parece... ¿Yo puedo decir *marica*?

—Claro —respondí—. *Tú* no eres mi novio.

—Gracias a Dios —exclamó, y luego—: sin ánimo de ofender. Supongo que fue él quien te lo pegó.

—Faltaría más.

—Es solo que no creo que nos lleváramos bien fácilmente.

—No te preocupes por eso —dije.

—Simplemente somos... bueno, que *a mí* me gustaría una chica que no me mareara con películas o tiendas que son las primeras en abrir por la mañana, ¿sabes?

—Sí —respondí—. Y yo tampoco te llevaría.

—Yo solo trato de divertirme, ya sabes. Ponerme contento los fines de semana, sudar mucho en los entrenamientos.

—Lo entiendo.

Me rodeó con el brazo como un tipo afable.

—Me caes bien, y no me importa lo que nadie diga —aseguró.

—Gracias —contesté, rígida—. Tú también me caes bien, Trevor.

—Nah —dijo él—, pero me soportas. Espero que lo de ustedes dure mucho, de verdad, y si no, espero que no se convierta todo en un drama y una mierda.

—Humm, gracias.

—Y ahora no hagas caras —continuó, terminando una cerveza y empezando otra—. Me refiero a que son como esos dos planetas que chocan en una película que vi en la tele cuando era pequeño, el de los habitantes azules y el de esos extraños tipos rojos.

—*Choque de planetas* —dije—. Es una película de Frank Cranio. Al final son todos morados.

—¡Sí! —gritó con una expresión en los ojos que alternaba el asombro con la alegría—. Nunca había encontrado a nadie que la conociera.

—El Carnelian proyecta algunas películas de Cranio en diciembre —comenté—. Podríamos salir en parejas, ya sabes, con Ed y la chica con la que estés...

—Ni en un millón de años —me cortó amablemente—. Ese cine es para *maricas*.

—Y eso lo dices tú, que estás con un grupo de tipos que se encadenan entre ellos y bailan —contesté.

—¡Yo no! —exclamó alzando el pie roto, y nos reímos con ganas, de manera escandalosa; yo incluso me apoyé en él, justo cuando tú llegabas con tu cadena de presos, todos con pijamas rayadas y aros de plástico negros alrededor de los tobillos. Bajo tu endeble sombrero, apareció un rostro ruborizado y suspicaz.

—¿Qué demonios haces, Trev? —preguntaste demasiado alto, y me jalaste.

—Oye, oye —exclamó Trevor protegiendo su cerveza—. Solo estábamos tonteando, Ed. Te estaba esperando.

—¿Y tú qué estabas haciendo, cabrón? —le preguntaste—. ¿Me la estabas manteniendo caliente?

—Hola, Ed, feliz Halloween, me alegro de verte —te saludé con énfasis, como una persona.

Nunca había visto esa faceta tuya, ese estúpido vociferante con los ojos desencajados y la mano como una garra sobre mi hombro. No había visto nada de ti, pero no hacía tanto que te conocía, pensé.

—Amigo —dijo Trevor con una sonrisita que parecía preludiar el remate final—, no me acuses así. Sabes que *todo excepto* no es suficiente para mí.

La cadena completa de presos lanzó un «oh». Las lágrimas afloraron a mis ojos tan deprisa que fue como si las hubiera estado reservando para esa ocasión. Deseé *ser* Hitler, los habría matado a todos.

—¡Min! —me llamaste con el enfado sustituido por el pánico, e incluso diste unos pasos hacia mí.

Pero tu equipo estaba encadenado a ti, y no iban a permitir que me siguieras y lo arreglaras. No es que pudieras. Aunque lo hiciste.

—¡Lo siente! —gritó uno de tus estúpidos compañeros, y se rio—. Nos hemos tomado todos un trago de Viper para ensayar el baile, y a Slaterton siempre lo vuelve imbécil.

—¡No lo puedo creer! —exclamó Trevor con deleite, pero celoso—. ¿Han tomado *Viper*? ¿Dónde está, dónde está, dónde está?

Me miraste con impotencia y entonces la fiesta se desató a nuestro alrededor igual que el pánico en *Salida del último tren,* como si los vagones iniciaran los festejos con su pesado y rechoncho zarandeo al ritmo de *Soy el más grande.* Váyanse al infierno, pensé, y ahí estábamos, con todo convertido en una pesadilla repleta de gente horrible, gritos, luces intermitentes y más gritos, peor que una fogata porque no había nada hermoso que mirar, solo el maquillaje brillante en las caras de la gente, las máscaras de plástico como animales atropellados sobre las cabezas de los chicos, los ajustados trajes de zorra de las chicas con la piel brillante por el sudor, el atronador *zum-zum* de quienquiera que llevara unos tambores, los ensordecedores silbatos colgados de los cuellos como sogas de neón y luego los cánticos rítmicos que se extendían entre la multitud cuando cada escuela, al pronunciar los nombres de los distintos equipos —¡Eagles!, ¡Beavers!, ¡Tigers!, ¡Marauders!—, iniciaba una pugna de sílabas, igual que si las mascotas estuvieran luchando a muerte en el cielo. A continuación, los capitanes fueron izados sobre hombros de borrachos al tiempo que cada prepa gritaba el nombre de su héroe en competencia, ¡McGinn!, ¡Thomas!, ¡Flinty! y por encima de todos ¡Slaterton!, ¡Slaterton!, ¡Slaterton! Luego la cadena de presos subió al escenario dando zapatazos e inició su coreografía falsamente afeminada al ritmo de

Amor encerrado, de Andronika, que sonaba en los altavoces como si ella también detestara aquella mierda, y después las carcajadas de la multitud, que me descubrieron que eras famoso incluso en otras escuelas, mientras toda la cadena se bajaba los pantalones hasta la entrepierna en un grosero movimiento al unísono y sacaba unas botellas de Parker's al tiempo que la letra decía: «Bebámonos hasta la última gota». Incluso con los entrenadores simulando desaprobación, el lugar quedó asolado por el volumen de los gritos, que derribaron el aplausómetro de cartón que Natalie Duffin y Jillian iban girando como en un concurso, y *ganaste,* triunfante con tus vales de regalo, lanzando besos, haciendo extrañas reverencias con las piernas enredadas. Entonces Annette golpeó el escenario con sus cadenas, unas botas plateadas y una gran hacha de mentira, besó a todo el equipo, *mua, mua, mua,* deteniéndose un poco más contigo, y alzó su arma, rompió las cadenas y te liberó para que saltaras, emocionado y borracho, hacia la multitud vociferante, en la que te desvaneciste durante treinta y ocho minutos antes de que, por fin, volvieras conmigo, hermoso, radiante, maravilloso, *sexy,* un ganador nato.

Te odiaba tanto.

Mi rostro debió de ruborizarse como el de Amanda Truewell en *Baile para olvidar* cuando Oliver Shepard entra en el club nocturno con su inesperada e inocente esposa. Echando chispas, furiosa y herida, me sentí zarandeada por la multitud en movimiento y no tardé en quedar atrapada junto al poste de la portería con un tipo de mi salón al que conocía a medias y que me estaba contando la historia del problema con el vino blanco de la nueva esposa de su padre. Sabía que mi enorme enojo no tardaría en provocar algún efecto indeseado en cualquier momento y en cualquier lugar. Algo horroroso gruñó en mi interior mientras permanecía petrificada y perdida. La fiesta siguió adelante, bullendo y contorsionándose con sus disfraces, hasta que por fin reapareciste mientras sonaba una canción aún peor y la multitud gritaba frenéticamente «¡Oye, oye, dije que bajes!» con el traje de rayas desabotonado y el pelo sudoroso.

—Quiero decirte algo —exclamaste antes de que pudiera decidir cuál de las frases mordaces que había estado puliendo debía utilizar en primer lugar. Colocaste ambas manos al frente, las estiraste —tenías una línea de suciedad en una de las palmas—, como si yo estuviera a punto de empujar una enorme roca hacia ti. Retrocedí mientras tú permanecías quieto, defendiendo tu posición en el estruendoso campo de batalla, y empezaste a contar con los dedos las veces que decías lo que estabas diciendo, ambas manos dos veces y casi las dos otra vez. Era lo único que podías decir, las palabras perfectas, eso aseguraste.

Lo siento.
Lo siento.
Lo siento.
Lo siento.
Lo siento.
Lo siento.
Lo siento.
Lo siento.
Lo siento.
Lo siento.
Lo siento.

Lo siento.

Lo siento.

Lo siento.

Lo siento.

Lo siento.

Lo siento.

Lo siento.

Lo siento.

Lo siento.

Lo siento.

Lo siento.

Lo siento.

Lo siento.

Lo siento.

—Veintiséis veces —dijiste antes de que yo pudiera preguntarte.

Todo el mundo estaba congregado a nuestro alrededor, o en cualquier caso rodeándonos, arremolinados como un ruidoso y terrible oleaje. La muchedumbre no aportaba demasiado al estruendo, algunos gritos, unos pocos silbidos.

—Veintiséis —repetiste hacia la multitud, y diste un paso hacia mí.

—No —exclamé, aunque no podía decidirme.

—Veintiséis —dijiste—. Una por cada día que llevamos juntos, Min.

Alguien lanzó una exclamación de sorpresa; alguien lo mandó callar.

—Y espero que algún día, cuando haga otra estupidez, tenga que decirlo un millón de veces porque ese sea el tiempo que haya pasado contigo, Min. *Contigo.* Dejé que te acercaras un paso más. El tipo de clase se dio cuenta de que seguía ahí boquiabierto, así que reaccionó y se desvaneció. Noté un temblor en el hombro y detrás de la rodilla. Sacudí la cabeza, paleando mi ira dentro de una tumba poco profunda a la espera de ser desenterrada en algún cambio de guión. Y además estaba tu hermosa figura, la manera en que te movías y me hablabas. No podía apartar la mirada.

—*Lo que sea* —respondiste de forma genérica a algo que yo no había dicho—. *Lo que sea,* Min. Lo que sea, lo que sea. Si Willows estuviera abierto, se acabarían las flores porque las compraría todas.

—Estoy *enojada* contigo —dije por fin.

¿Cuántas hay, cuántas películas en las que el actor, o la actriz, se disculpa en público? Sería imposible verlas todas.

—Lo sé —respondiste.

—*Sigo* enojada.

Pero ya estabas junto a mí. Alzaste las manos hacia mi rostro y lo mantuviste entre ellas. No sé qué habría hecho si me hubieras besado, Ed, aunque sabías perfectamente cómo actuar. Simplemente me sujetaste de aquel modo, con tus manos cálidas sobre mis mejillas llorosas.

—Lo sé. Es justo.

—Realmente enojada. Lo que hiciste estuvo *mal.*

—Está bien.

La multitud seguía ahí, aunque perdía interés.

—No, *no* está bien —exclamé, como último recurso—. *Sí.* Estuvo *mal.*

—Lo sé. Lo siento. Lo siento.

—No lo digas veintiséis veces más. Con una bastaba.

—¿De verdad?

—No lo sé.

—*Lo que sea,* Min. *Lo que sea,* pero dime algo.

—No quiero decirte nada.

—Bueno, pero, *Mín, por favor.*

—Esto no está bien.

—De acuerdo, pero ¿qué podemos... cómo podemos empezar de nuevo?

—No sé si quiero.

Parpadeaste rápido, rápido, rápido. Tu mano se estremeció sobre mi rostro y de repente, pensé que ahora tendría la cara sucia. Y también, que no me importaba. No estaba bien, Ed, pero tal vez...

—Dime cómo, Min. *Lo que sea.* ¿Qué puedo hacer, qué puedo... cómo puedo hacer que quieras empezar de nuevo?

No pude evitarlo. Pensé, no, no llores mientras lo dices. Pero entonces, mierda, estás llorando a pesar de todo, y es él quien que te hizo llorar. Min, pensé, esto es amor, eso es lo que es.

—Café —respondí entre lágrimas—. Café con mucha leche y tres de azúcar.

Y me sacaste de ahí rápido, rodeándome con los brazos y atravesando el campo de futbol sin decir un solo adiós a nadie de la fiesta. Nos enfrentamos al frío de la noche hasta acurrucarnos en el autobús, donde sujetaste de nuevo mi rostro y me susurraste palabras dulces con el ruido del motor de fondo, y luego entraste en In the Cups abriendo la puerta doble de un empujón para proclamar que como penitencia por haberte portado mal con tu verdadero amor, Min Green, te gustaría invitarle a un café grande con mucha leche y tres de azúcar a todos y cada uno de los clientes de ese elegante establecimiento, que se reducían a un desconcertado señor mayor con un periódico que ya tenía café. Insististe en que el hombre fuera testigo de tu solemne promesa de que ni una sola gota de Viper volvería a tocar jamás tus labios. Y al regresar del baño con esta etiqueta dijiste, mira qué invitación tan chula para el espectáculo al que *vamos* a ir mañana, porque no podemos faltar, actúa Carl Haig, el que solía tocar la batería con Hawk Davies, ese tipo que les gusta a Joanie y a ti. Estaba colgada en el tablero de anuncios, como clavada con tachuelas por el destino cerca del baño donde te habías arreglado el pelo y abotonado, y ya decente y sobrio me suplicaste que por favor fuera contigo porque me querías.

—Quizá.

—Oh, Min, *por favor,* no digas *quizá* de ese modo.

—De acuerdo, sí —respondí mientras el café se deslizaba en mi interior.

Al subir al 6, me avergonzó asegurar que seguía enojada por algo de hacía dos autobuses. Frente a nosotros estaba sentado un niño de los que van pidiendo caramelos en Halloween, con su padre, que repasaba algo frenéticamente en el teléfono. Unos absolutos extraños, pensé. Si seguía enojada, entonces estaba sola el sábado por la noche, en Halloween y en el autobús.

—Sí, ¿de acuerdo? Pero todavía estoy enojada.

—Es justo —dijiste, pero no quería que sonrieras.

—*Todavía.*

—Ya me lo dijiste, Min. Y todavía lo siento, pero tenemos que avanzar.

—Lo sé.

—No, me refiero a que es nuestra parada. Es hora de bajarse.

Y así lo hicimos, en dirección al cementerio, silencioso y acogedor en la fría oscuridad, sabiendo que aún nos quedaba el baile en aquella estúpida y horrible noche. Nuestros pies pisotearon e hicieron crujir la hierba en las sombras.

—¿Estás segura de que quieres ir?

—*Sí* —respondí—. Mis amigos... oye, yo fui a lo tuyo.

—Está bien.

—Así que tú tienes que sufrir la mía. *Lo que sea,* eso dijiste.

—Sí, de acuerdo.

—Y me refiero a *sufrir.* Porque todavía estoy...

—Lo sé, Min.

Te ofrecí mi mano. Así resultaba un poco menos terrible caminar en silencio. Se oyó un susurro, en un extremo, pero me sentía segura ahí, bajo la oscura luz que bañaba las tumbas, las cruces de piedra y las hojas muertas, me sentía casi bien.

—¿Sabes qué? —dijiste con el aliento convertido en bruma—, pensé en este lugar para la fiesta.

—¿Cómo?

—La de Lottie Carson.

Era la primera vez que recordabas su nombre.

—Es agradable —dije.

—Pero luego me di cuenta —continuaste— de que probablemente sería ofensivo, un mal lugar para celebrar un cumpleaños ochenta y nueve.

—Es cierto —coincidí.

Unos faros se pasearon desde la calle a través de los árboles y las lápidas permanecieron inmóviles bajo el resplandor, como un ciervo. Pude ver las fechas, la duración de aquellas vidas prolongadas y no lo suficiente largas.

—Tal vez la entierren aquí —comenté—. Tendremos que visitarla, traerle flores, asegurarnos de que no dejen condones encima de su tumba.

Apretaste mi mano con más fuerza y seguimos avanzando. Debiste pensar en tu madre, Ed, y en dónde, en cuándo terminaría su vida. Y debiste ser sincero, eso espero, en algunas de las cosas que dijiste a continuación.

—Tal vez nos entierren a *nosotros* aquí —dijiste— y nuestros hijos nos visiten con flores.

—Juntos —no pude evitar susurrar—. Juntos aquí mismo.

Fue aquello tan hermoso, aquel momento tan encantador, lo que me arrastró de nuevo a tu lado, Ed. Nos detuvimos un instante y luego seguimos nuestro camino. La hierba era densa y nos soltamos las manos, pero seguimos juntos hacia el resto de la espantosa noche.

El Scandinavian Hall tenía un aspecto horroroso, la misma mierda de siempre con desganados banderines revoloteando. Ahí estaba la misma gárgola echando el mismo vapor con luz verde en la puerta, como un tipo borracho. Entramos juntos, pero nadie se percató porque ya se estaba peleando alguien o tal vez era simplemente una mesa volcada, y luego, con una sonrisa avergonzada, saliste disparado, ansioso por encontrar un baño. Un abrigo yacía destrozado sobre una mesa. Caminé parpadeando, aparté la mirada y pasé junto a Al, triste en su disfraz puramente malvado de payaso salpicado de sangre, sentado en silencio junto a María y Jordan, que iban vestidos de republicanos con manchas de grasa y pins de bandera. Nunca te conté lo que sucedió en el guardarropa, pero te lo diré ahora, porque no fue nada. Ahí estaba colocado el ponche de frutas en un recipiente con un cartel en el que decía ESPERANZA, pero si no miraba ningún vigilante, el chico que lo estaba sirviendo hacía girar la bandeja y aparecía a través de la cortina un recipiente idéntico con la versión alcohólica. Y el chico del cucharón era Joe.

—Hola, Min.

—¡Eh!, hola.

—¿De qué vienes? Sé que no puede ser de Hitler, pero lo parece.

Suspiré.

—De celador. Perdí el sombrero. ¿Y tú?

—De mi madre. Perdí la peluca.

—Vaya.

—Sí, vaya. ¿Quieres ponche? ¿Del de verdad?

—Sí —respondí.

Tenía las entrañas alteradas a causa del café y la montaña rusa de acontecimientos de la noche. Me senté mientras me lo servía.

—¿Estás disfrutando Halloween? —me preguntó.

—Jamás.

—Brindaré por eso.

Chocamos los vasos de plástico de un modo decepcionante.

—¿Cómo van las cosas?

—¿Las cosas?

—Supongo que quiero decir, con Ed Slaterton.

—Sí, pensé que te referías a eso —dije yo.

—Bueno, todo el mundo habla de eso.

—Échame más ponche —le pedí.

Joe me hizo un favor. Ese fue el problema.

—Así de bien, ¿eh? —comentó.

—¿Cómo?

—Que te está incitando a beber.

—Supongo —exclamé bebiendo y gesticulando de manera exagerada—. Soy una viuda del basquetbol.

—¿Tan mal va?

—No, no. Pero algunas veces, ya sabes, es diferente.

—Bueno, supongo que tú no te rindes al primer indicio de problemas —dijo, aunque no me miró mientras yo parpadeaba.

—Sí que lo hago —fue lo más parecido a un lo siento que jamás le dije—. ¿Y qué pasa contigo? Oí que estabas con Gretchen Synnit.

—No —dijo Joe—. Eso fue solo algo que pasó después de la última representación. Ahora salgo con la señorita Grasso.

—Oh, estupendo. Aunque creo que las profesoras de gimnasia suelen ser lesbianas.

—¿De verdad?

—Bueno —dije—, me *he acostado* con todas.

—Por eso salgo con Grasso —contestó Joe—. Para estar más cerca de ti.

—*Cierra* el pico. No me extrañas.

—En realidad, no —dijo él—. Aunque prometimos que seguiríamos siendo amigos.

—Somos *amigos* —aseguré—. Mira, estamos teniendo una conversación extraña. Si eso no es amistad...

—¿Qué tal un baile? —propuso, y se tambaleó hasta quedar en pie.

Me di cuenta de que estaba muy borracho, pero ¿por qué no? Tal vez un baile era lo que necesitaba, un lugar hacia el cual encauzar la ira. ¿Por qué no, por qué demonios no? ¿Por qué no levantarme de la tumba y meter un poco de miedo en vez de permanecer enterrada y muerta en el cementerio? Era Halloween y era *Culture Vulture* lo que atronaba en el Scandinavian Hall cuando Joe me condujo hacia la pista, moviendo el cuerpo. Joe adoraba esa canción, en la versión larga que solíamos escuchar en el suelo de su habitación con unos audífonos compartidos mientras mi mano descansaba sobre su estómago, por debajo de su camisa, algo que sabía lo volvía loco. Fue mi venganza espontánea, desabrocharme el disfraz por primera vez y enseñar el forro del abrigo olvidado por mi padre y también lo que llevaba debajo. Algo que había sido para ti, Ed, únicamente mi mejor *brassiere*. Girando, desafiante, ruborizada por el ponche. Y con el abrigo desabrochado. Podía sentir el aliento de Joe en la piel, el sudor que caía por mi cuello, la cadencia de la segunda estrofa. Y tú, por supuesto, esperabas fuera de la melodía, cohibido y sorprendido, y también Al, pretendiendo que no miraba, pero sin perder detalle mientras yo bailaba y fingía que no me daba cuenta. Joe se apretó tanto a mí que el *brassiere* amenazó con provocar un desastre y sentí los latidos de mi corazón, intensos y violentos, con las piernas desatadas, los brazos en alto hacia el maravilloso aire, el brillo de las luces en mis ojos, los labios abiertos al ritmo de la letra, y todos los pensamientos borrados de mi mente mientras la canción rugía, atronadora y libre. Olvídate de todo, es lo que sentí. Mándalo al infierno, patéale brutalmente el culo con los tacones, atrápalo y hazlo pedazos, el baile y la fiesta, este desfile de horrores, mándalo al carajo y pasa a otra cosa. Compórtate de un modo distinto a como dicen que eres. Bailé y entonces lo conseguí, acabé con todo, atravesé la pista sin mirar atrás, ni siquiera a Joe, tampoco a Al, ni a Lauren, a María, a Jordan, a cualquiera de ellos, a ninguno, a nadie. Solamente a ti, lo único que merecía la pena conservar. La noche estaba avanzada, la canción había terminado, el último «Madness!» del cantante retumbaba, *ness-ness-ness,* y llegué a tu lado y encontré tus ojos, que me miraban con feroz asombro. Sabía quién eras, Ed Slaterton. Entonces, abrí la boca y te besé, por primera vez en toda la noche, me lancé sobre ti y me rendí por completo, y te pedí: salgamos de aquí. Estoy lista, estoy acabada, no quiero que rompamos, no, no. Llévame a casa, mi amigo, mi amor.

Y la tarde siguiente resultó tan efervescente como lo que nos sirvieron. Me reuní contigo frente al Blue Rhino, con el sol haciéndome cosquillas, un poco tarde porque me resultó difícil encontrarlo. Había doblado la esquina equivocada, estaba muerta de sed y mis miembros se movían como si les hubiera caído grava en la maquinaria, el alcohol estaba aún en mi cuerpo igual que una canción que detestas y no puedes sacarte de la cabeza. Una vez adentro, dudé —los techos eran tan altos que cada sonido se transformaba en un golpe con eco para mi dolor de cabeza y la máquina de exprés no dejaba de gruñir como un gato salvaje—. Pero las sillas eran de hierro fresco y tenían respaldos acolchados, así que me sentí reconfortada y cómoda al sentarme. Ojeroso y pálido, pediste para los dos, y nos trajeron este brebaje maravilloso. ¿Cómo lo descubriste? ¿De dónde procedía esta bendita combinación? Nunca te pregunté cómo lo habías conocido o si ya lo habías tomado y ahora nunca lo sabré, de hecho tengo la sensación de que si tratara, a duras penas, de encontrar otra vez el Blue Rhino, no habría ningún Blue Rhino. Tal vez me topara con una puerta quemada, o con un muro de ladrillos cubierto por años de mugre para demostrar que siempre había sido solo eso y que aquella tarde protegida, solo un deseo o un sueño olvidado. Como la tristísima escena en *Mar de almas* en la que Ivan Kristeva vuelve a visitar todos los antiguos tugurios —*tugurios* es lo que dice en los subtítulos— y descubrimos que su felicidad era una especie de fantasma ya desaparecido para siempre y que las tres cartas en juego —siete, nueve y reina de corazones— son lo único que demuestra que en algún momento conoció a la asustada princesa destronada en la carreta del vendedor ambulante, que ahora descansa abollada y cubierta de telarañas en la mirada sorprendida de nuestro héroe. Eran un momento y un lugar secretos, tú y yo juntos, ilocalizables, fuera de este mundo.

Carl Haig caminaba con paso tan vacilante que tuvo que apoyarse en el brazo de una chica, pensé que sería su hija, para llegar hasta su batería, tambaleante, con lentes de sol, una chamarra polvorienta y unas manos que parecían golpeadas y frágiles incluso desde nuestros asientos de esquina. Sonó un leve aplauso y él comenzó a juguetear con los tambores y los platillos, dando simplemente unos golpecitos aquí y allá para comprobar lo que funcionaba y lo que necesitaba algún ajuste. La hija bebió de un vaso largo lleno de agua y un tipo con la barba trenzada subió y enderezó un enorme contrabajo justo cuando Carl estaba haciendo un redoble. El enorme instrumento empezó a emitir algunas notas, los platillos vibraron hacia el techo durante un segundo, y entonces ambos se pusieron realmente en marcha. Me incliné para descansar mi cabeza dolorida sobre tu brazo y permanecimos sentados y quietos durante un instante, mientras la música nos levantaba el ánimo. Entonces la luz se reflejó en las botellas de agua y me acordé de ellas; levanté la mía de la mesa, di un trago, la sentí fría y burbujeante en la garganta y en todo mi cuerpo agradecido y resucité justo cuando la chica soltó su vaso, se arrodilló como si fuera a colocarse un zapato, se levantó con un inmenso objeto dorado en las manos y comenzó a tocar una profunda y hermosa melodía en un trombón, extraña y resonante, revoloteando en mis oídos como el agua en mi estómago, y por primera vez desde que empezó Halloween, respiré. Las fiestas y los bailes se borraron de mi memoria. Aún lo recuerdo, Ed, me acerqué más a ti, sentí cómo balanceabas la cabeza al ritmo de los sonidos de la sala, y tu calor me hizo señas desde abajo de tu camisa. Nos acurrucamos y bebimos más agua, sintiendo como si tuviera oxígeno adicional, como si también nos remineralizara y filtrara, dejándonos puros, incluso. Y me estiré para encontrar tu oído y lo susurré justo cuando tú lo murmurabas, como si nosotros también hubiéramos ensayado, como si fuéramos un conjunto de jazz alejado del frenesí del mundo, una línea de puntos escabulléndose de la prepa y la presión, redoblando con suavidad y firmeza en un lugar que nadie más podría encontrar nunca.

Lo que dijimos fue, por supuesto, *Te quiero.*

Tocaron una única canción larga, si canción es la palabra adecuada, simplemente unos cuantos sonidos graves y calmados, alargados como un banquete en el aire, y luego se acabó y aplaudimos y nos dirigimos hacia la puerta, con mi botella vacía en el bolsillo del abrigo que habíamos comprado para robar azúcar, el que me habías devuelto, el que yo te estoy devolviendo con todo lo demás. Permanecí quieta en el exterior, contigo, sintiendo como si el Blue Rhino ya se estuviera desvaneciendo, con la sensación de que si no decía algo sobre mis sentimientos

en ese mismo instante, todo desaparecería y regresaríamos sin
más a la escuela. Así que hablé.

—Quiero darte mis llaves.

Estabas sonriendo, pero entonces frunciste el ceño.

—¿Cómo?

—Dije que...

—¿De qué estás hablando? ¿A qué te refieres?

Odié a mi jodida madre.

—Me refiero simplemente a que...

—Suena como si estuvieras hablando de mudarnos, pero,
Min...

—Ed...

—Estamos en la prepa. Vivimos con nuestras madres, ¿recuerdas?

Así que tuve que decírtelo, como una estúpida humilla-
ción. Tuve que explicarte a qué me refería, rápidamente y en
voz baja, y una vez que lo supiste volviste a sonreír. Tomaste mi
mano y dijiste que te ocuparías de todo, eso dijiste, Ed. Me aseguraste que habías encontrado un lugar extraordinario, y te creí.
Te creí porque mira esta agua, embotellada en un lugar que parece inventado, con extraños símbolos en la etiqueta y el sabor
a nada, pero una nada mejor. ¿Qué significado tiene? ¿De dónde
procede algo como esto? ¿Cómo puedes encontrar de nuevo lo
que deseas y justo en el momento adecuado? Nunca, probablemente. Ahora está vacía y se ha convertido en nada, ni siquiera
sé por qué la guardé, y no la guardaré más. Por eso rompimos,
Ed, una pequeña cosa que ha desaparecido o, para empezar, tal
vez nunca estuvo realmente en mis manos.

Los cubicadores de huevos, ¿qué hiciste con los demás? Vintage Kitchen tenía siete y los compramos todos, riéndonos como tontos; tú, incluso sudado del entrenamiento, fuiste capaz de conseguir un buen descuento embelesando al hombre del bigote rectangular, que debió haber pensado que estábamos pachecos. De hecho, yo me sentía así con siete cubicadores de huevos en el bolso. Los saqué, intercambiando algunas palabras con una Joan silenciosa que se iba —debí haberlo notado entonces, otra vez—, y formé una pirámide con ellos sobre la tostadora mientras tú te bañabas. Debiste ver su espalda alejándose por el camino de entrada a través de las persianas, porque bajaste en toalla. Acordamos más tarde, después de hacerme un moretón en la cadera con las manijas de uno de los armarios, que al día siguiente sin falta los probaríamos, pero que en ese momento tenía que irme a casa, con la ropa tan suelta y desacomodada que estaba segura de que mi madre notaría que me la había quitado. Nuestro último *todo excepto*. En mi habitación, vacié la tarea sobre la cama —te puedes imaginar lo crucial que me parecía Biología ese mes— y encontré el cubicador que había faltado. Lo puse en mi armario y luego me olvidé de él, hasta que rompimos y la gallina de la caja se burló de mí con su queja de tira cómica, mirando su propio trasero y sorprendiéndose al ver el huevo en forma de cubo. El paquete tiene un aspecto tan extraño y antiguo que Will Ringer probablemente vio lo mismo, lo que él llama «un ingenioso aparatito» en la página 58 de *Auténticas recetas de Tinseltown.* La gallina está diciendo más o menos la versión reducida de toda esta carta: «¿#!*? ¡Ay!».

Cuando Lauren tenía siete años, vio unos símbolos en una burbuja de diálogo de cómic y sus padres supercristianos fueron demasiado temerosos de Dios para explicarle que esos símbolos significaban *carajo,* así que en primero bromeaba diciendo «que te almohadilla interrogación» y «que asterisco exclamación a todo el mundo». El cubicador me hizo pensar en ella y en la coartada. La llamé por primera vez en un montón de tiempo y ella, por supuesto, me lo recalcó.

—Lo sé, lo sé —dije—. He estado ocupada.

—Sí. Ya te vi muy ocupada en el baile.

—Cierra el pico.

—Es cierto. Apareces con tu superestrella del basquetbol y luego bailas con tu ex. Cuando el año pasado nos enganchamos con *Las manecillas del reloj,* no me imaginaba que tomarías al pie de la letra aquellas lecciones de telenovela.

—Fue solo un baile.

—Solo un baile que hizo que Gretchen se fuera pronto. Y eso sin contar el drama con Al. Min, me encantaría, ya sabes, que se dieran un beso e hicieran las paces.

—Al sabe dónde encontrarme —respondí.

—Sí —dijo ella bruscamente—. En los entrenamientos de basquetbol.

—Es mi novio —repliqué—. Es lo que hace.

—Eso y agarrar dinero de mi monedero.

—*Lauren* —Lauren y sus rencillas de dimensiones bíblicas.

Tal vez no era la persona adecuada a la cual pedírselo, pensé.

—Solo quiero que sean amigos otra vez. ¿Cómo vas a celebrar la fiesta de cumpleaños de esa actriz si nosotros no estamos invitados?

—*Tú estarás* invitada —dije.

—No, no —replicó—. No dividas y venzas. Al o nada. Llámale, Min.

—Lo pensaré.

—Claro que lo pensarás. *Llámale.*

—De acuerdo, de acuerdo.

—Está desanimado y jodido. Bonnie Cruz lo invitó a salir y él le contestó que no se encontraba en un buen momento para pensar en eso, y no ha salido con nadie desde...

—Lo sé, esa chica de Los Ángeles.

Lauren permaneció callada un segundo.

—Algún día llegaremos a eso —exclamó como una profesora de segundo grado hablando de álgebra—. Pero esta noche supongo que me llamaste para escuchar cómo te hago sentir culpable, ¿no? Me refiero a que no hay ninguna otra razón, ¿verdad? No podría haberla.

—Bueno, también quería escucharte cantar —respondí.

Imita a la perfección a alguien de un retiro al que fue cuando tenía diez años.

—*Jesus is my dearest flow'r* (Jesús es mi flor más preciada...).

—Bueno, bueno, apiádate de mí. Tengo que pedirte un favor.

—*His love sustains me through the hour...* (Su amor me sostiene en el transcurso de las horas...).

—¡Lauren!

—Promete que le llamarás a Al.

—Sí, sí.

—Júralo.

—Lo juro por la imagen de San Pedro de tu madre.

—Júralo por algo que sea sagrado para *ti*.

Quise decir que lo juraba por ti. Por Hawk Davies.

—Lo juro por *El descenso del ascensor*.

—De acuerdo. Por cierto, buena elección. Y ahora, ¿qué necesitas?

—Que me invites a dormir a tu casa este sábado —respondí.

—Por supuesto —dijo, y luego—: Oh.

—Bien.

—Entonces, no estarás aquí.

—Exacto.

—Pero tu madre...

—Le diré que voy a estar contigo toda la noche.

—Durmiendo en mi casa —añadió Lauren.

La línea se quedó en absoluto silencio.

—Lo harás, ¿verdad?

—Suena como si *tú* fueras a hacerlo —dijo.

—*Lauren*.

—Aclárame una cosa: y si me cachan...

—No te cacharán —respondí rápidamente.

—Y a *ti*, celadora.

—Tú también saliste a escondidas. *Conmigo.* Tus padres se acuestan temprano y luego se irán a la iglesia antes de que cualquier persona normal se levante.

—Y si tu suspicaz madre llama con alguna suspicaz cuestión de última hora para comprobar tu sospechosa historia...

—No lo hará.

—¿Y dónde podré encontrarte cuando tenga que llamarte rápidamente para que la llames y salves mi estúpido culo?

—Me llamará al celular.

—¿Y qué pasa si es más inteligente que un mono, Min? Entonces, ¿qué? ¿Dónde vas a estar?

—En ese caso, solo tienes que llamarme.

—Min, quieres que sea tu amiga y lo soy. Así que dile a tu amiga qué está pasando.

—Este...

—*Jesus's light is always in bloom...* (La luz de Jesús está siempre en flor...).

—Asterisco exclamación —grité, y luego se lo conté.

—Vaya —dijo lentamente, temblorosa, igual que si estuviera haciendo algo doloroso. Ay. Como defraudar a alguien. Como morderse la lengua. Como expulsar un huevo en forma de cubo—. Oh, Min —añadió—, espero que sepas lo que estás haciendo.

La pluma se está acabando. La dejaré en Leopardi's cuando haya terminado; no, ¿por qué dejarles mi basura? La echaré en la caja cuando haya acabado contigo, como los matones de película que se quedan sin balas y tiran la pistola. Estas últimas páginas apenas visibles serán como esta fotografía, un pedazo borroso de magia anticuada capturando una imagen de algo desdibujado, casi legendario. Probablemente nadie más hizo uno, sin importar lo que digan las estrellas, y ahora solo queda este mal vestigio del nuestro que te recuerdo con tinta cada vez más descolorida. Es como si nunca hubiéramos tenido nada.

Bajamos del autobús temprano y compramos los huevos, caviar barato, el pepino y un limón grande y duro. Me contaste una historia sobre Joan, que compró un montón de pepinos hace años, por error, para hacer pastel de calabaza, y eso me recordó que tenía que invitarte a ti y a *todos los de la casa,* según palabras de Joan, a la cena de Acción de Gracias de parte de mi madre. No añadí todas las cosas que *ella* había dicho, como que las fiestas debían de ser un momento difícil, etcétera, pero te aseguré que Joan podría venir a cocinar. Te dije que tendríamos que hacerlo en algún momento, juntarnos tú y tu madre conmigo y mi madre en la misma habitación. Dije que tal vez no resultaría tan terrible, agradable incluso. Hablamos sobre los platos que tenían que prepararse exactamente del mismo modo todos los años, los tradicionales y los que dejaban espacio para la experimentación y las mejoras. No estuvimos muy de acuerdo, y por alguna razón esta vez fue raro.

Respondiste que tal vez.

En tu casa, tú te bañaste y yo puse agua a hervir. Sumergí los huevos como había aprendido de Joan en la sopa birmana, pero ella no estaba ahí para darme su aprobación. Todo era silencio: el agua corría en el piso de arriba y en la cocina no sonaba ninguna música porque sabía que no te gustaba Hawk Davies y ya habías sido comprensivo con el Blue Rhino, así que no puse nada y esperé a que los huevos se hicieran. Bajaste completamente vestido, empezaste a cortar el pepino en rodajas y me besaste en la coronilla. Yo permanecí quieta, amándote, aunque el amor me hizo sentir no triste, sino melancólica, eso creo, por alguna razón que no llegué a descubrir. Traté de animarme leyendo con entusiasmo el libro de cocina, pero era algo muy sencillo de hacer. Las instrucciones sobraban. Sonreímos al meter los huevos en los cubicadores, aunque sin reírnos, pusimos todo en el refrigerador y llegó el momento de esperar. Nos tiramos en el sofá. Encendimos la televisión, pero resultó un fiasco. Nos levantamos, metimos la segunda tanda y nos sentamos de nuevo. La tarde siguió decayendo. Sentía el estómago encogido, incluso con tus manos rodeándome y los besos en la oreja. El cronómetro se paró de nuevo y nos pusimos a trabajar; yo me fui comiendo los restos de huevo duro mientras los colocábamos, algo que no ayudó en nada a mi estómago. Lo tenías ya dibujado en un boceto digno de segundo de Cálculo, con líneas rectas y prolongadas, y en las curvas hacías cortes precisos con el cuchillo. Y entonces lo acabamos, colocando los últimos detalles en su sitio. Lo contemplamos como astronautas, temerosos de acercar nuestras manos. Era mágico, aunque pareciera más raro que otra cosa, justo lo que habíamos planeado, la receta perfecta que había encontrado en el libro ahí delante de nosotros, en suave clara blanca, pero aun así extraño. Pensé, no pude evitarlo, en lo que Lauren me había dicho. ¿Sabíamos lo que estábamos haciendo?

Nos quedamos quietos, mirándolo como a un Frankenstein, cuando entró Joan cargada de libros de texto y alcachofas.

—Oye —exclamó—. ¿Qué es eso que hay en mi cocina?

—*Nuestra* cocina —corregiste.

—¿Quién va a hacer la cena esta noche y todas las noches? —dijo ella quitándose una bufanda que me encantaba—. ¿Nosotros? ¿En *nuestra* cocina? ¿O *yo*?

—Es... —dije yo, harta del festival de discusiones de los hermanos Slaterton.

—Espera, sé lo que es —me interrumpió Joan—. Es el iglú del que me hablaste, Min. Lo hicieron.

—Es el iglú de Greta con huevos cuadrados y sorpresa de caviar sobre un témpano de limón y pepino encurtido.

Joan soltó las bolsas.

—¿Cuál es la sorpresa de caviar?

—Hay caviar adentro —aclaré.

—¿Ahí adentro?

—Dentro del iglú, sí.

—¿Y está todo hecho... con *huevos*?

—Les dimos forma de cubo y luego los ensamblamos. ¿Qué te parece?

Joan ladeó la cabeza para mirarlo.

—No sé qué pensar —respondió—. Quiero decir que es algo así como impresionante.

—¿Adecuado para una fiesta? —pregunté.

—Los invitados tendrían que ser diminutos para meterse dentro.

—*Joan* —dijiste tú.

—¿Y qué son esas cosas que están secándose en fila?

—Cubicadores de huevos —respondí—. Tuvimos que comprar unos cuantos.

—Estoy segura de que nunca se arrepentirán de la inversión —dijo ella.

—*Joanie.*

—Bueno, haremos otro para la fiesta de verdad —le expliqué—. Este fue solo de prueba.

—La fiesta de cumpleaños, ahora me acuerdo —dijo ella.

—*Auténticas recetas de Tinseltown* —exclamé—. Es la receta de Will Ringer, inspirada en *Greta en tierras salvajes.*

—Me contaste que iban a hacer un iglú para el ochenta y nueve cumpleaños de Lottie Carson —dijo maravillada— y lo han hecho, como querías. Me refiero a como dijiste. Guau.

Tú permaneciste quieto, sonriendo en cierto modo.

—Déjenme que traiga la cámara —dijo ella—. ¿Puedo sacar una foto?

—Claro —respondí.

—Este tipo de cosas —explicó con voz seria pero llena de incredulidad— deben quedar documentadas.

Subió la escalera a saltos y nos quedamos solos en la cocina. Tras un prolongado silencio empezamos a hablar los dos a la vez. Yo iba a soltar alguna estupidez y tú exclamaste...

—Perdona, ¿qué ibas a decir?

—No, tú primero.

—Pero...

—De verdad.

Tomaste mi mano.

—Solo quería decirte que sé que ha sido raro, esta tarde. Extraño.

—Sí —afirmé.

—Pero creo que todo irá mejor, ya sabes, después —continuaste—. Mañana, quiero decir.

—Sé a qué te refieres —dije.

—Lo siento.

—No, creo que tienes razón.

—Te quiero.

—Yo también te quiero.

—Y sabes que puedes... que no pasa nada si cambias de idea.

Me apoyé sobre ti, con fuerza, como si durante un segundo hubiera olvidado cómo mantenerme en pie.

—No lo haré —aseguré, y era cierto. Aunque solo fue cierto *entonces*—. Nunca cambiaré de idea.

Permanecimos así, escuchando cómo Joan cerraba un armario y bajaba. Ed, es ridículo, pero a ella también la quería. Y sería capaz de matarla por no haberme avisado. Aunque me resulta imposible imaginar qué podría haberme dicho que yo hubiera estado dispuesta a escuchar.

—Voy a utilizar la Insta-Deluxe —te dijo—. ¿Te acuerdas? Tenemos cajas de zapatos llenas de fotos nuestras tomadas con esta cámara. Es antigua, lo sé, y probablemente ya ni se fabriquen, pero la digital no me parece suficientemente buena para algo como esto.

—Todavía las hacen —aseguré—. Se pusieron de moda durante un tiempo por una escena de *Suceso siniestro*.

La máquina emitió el zumbido y el ruido de engranajes propios de un aparato anticuado. La fotografía apareció por la ranura y Joan la sacudió para que la neblina se disipara con más rapidez.

—Entonces, ¿cuáles son sus grandes planes para el viernes por la noche? —nos preguntó mientras sacudía, sacudía, sacudía—. Ooh, ya sé. Comerse un gran iglú.

Negué con la cabeza.

—No puedo. Tengo una especie de asunto familiar.

—Vaya —exclamó Joan lanzándote una mirada de reojo. Me habías dicho que sería mejor que te quedaras en casa, Ed, si es que lo recuerdas—. Bueno, yo voy a celebrar que terminé mis últimos parciales, en el sofá, con alcachofas fritas, alioli y *La arena de la playa*.

—Dicen que es increíble —aseguré, pero ya me estabas tomando de la mano, así que no añadí lo que quería, «Ojalá pudiera quedarme».

—Y mañana por la noche, cuando yo no esté —dijo Joan con severidad—, espero que no hagan demasiadas travesuras los dos.

—Min ya tiene madre —te quejaste—. No te comportes como si lo fueras tú, Joan. Además, vamos a salir.

Esto no era mentira.

—Bueno, bueno —dijo ella—. Tienes razón. Su madre ya se asegurará, por lo que he oído. Pero tenía que decir algo, Ed.

—Te veo mañana —prometiste, y lo cumpliste—. Te llamo por la mañana.

—Te quiero —dije delante de tu hermana, y tú me besaste en la mejilla.

—No te olvides de la fotografía —se apresuró a recordarme Joan, supongo que para que tú no tuvieras que decir nada.

Me puso esto en la mano. Nos dirigimos todos hacia la puerta y nos detuvimos otro instante para contemplar el iglú y luego la fotografía y de nuevo el iglú. Tenía mejor aspecto en directo que al mirarlo ahora. Resultaba más grande en la cocina, más solemne, como algo fantástico donde pudieras entrar, el castillo de una princesa, un sueño tangible. En la imagen simplemente parece extraño. Lo era. Pero a mí me gustaba.

—¿Por qué me quedo *yo* con la fotografía? —pregunté—. Fuiste tú quien dijo que deberíamos documentarlo.

—Guárdala tú, Min —respondió Joan en voz baja, y añadió—: Se te ocurrió a ti —o algo parecido. Dijo que había sido idea mía. Y luego algo como que la guardara por si no salía la próxima vez. Guárdala por si acaso no sale cuando lo intentes de nuevo.

ayúdanos a
SALVAR EL PLANETA
UNA TOALLA EN EL SUELO
SIGNIFICA QUE NECESITAS OTRA.
UNA TOALLA EN EL TOALLERO
SIGNIFICA QUE NO TE HACE FALTA.

No sé por qué guardé esto, lo que colgaba del toallero. Parece un poco soez, como un recordatorio de que, después de todo, *tienen* que cambiar las sábanas. Si hubiera podido elegir cualquier cosa, habría sido algo de la zona de bar del Dawn's Early Lite Lounge and Motel, donde ya había estado una vez en primero después de un baile de la sinagoga al que me llevó aquel chico, Aram. Él y yo pedimos unos enormes vasos de refresco de jengibre y miramos fijamente el techo del salón, cubierto con polvorientos pájaros disecados en torno a la moldura y una enorme mariposa en el centro que agitaban lentamente, lentamente, lentamente las aspas motorizadas que tenían por alas mientras unos altavoces emitían sonidos de naturaleza.

Es extraordinario, Ed. Tengo que admitirlo. Incluso el gran cartel exterior, el *Lite* iluminado y parpadeante, resulta glamuroso y atractivo con esas tres flechas que se encienden por turnos para que la flecha se mueva, conduciendo a todos los que llegan por la Novena Sur hasta el estacionamiento trasero. Probablemente sea el sitio más extraordinario que tenemos. Pensaste mucho, Ed, y encontraste el lugar adecuado para llevarme.

Pero no quise ir al bar. Aseguraste que no había prisa, pero la *había,* porque ya nos habíamos comido unas empanadas en

Moon Lake fingiendo que era una cita más. Di unos tres mordiscos y durante toda la noche, tuve sabor a chícharos en mi nerviosa boca. Además, alguien podría vernos en el salón. Esperé en el coche mientras tú recogías las llaves.

El motel formaba arcos y se distribuía en balcones al borde del amplio estacionamiento. Desde el aire, probablemente tendría aspecto de algo, así que imaginé un ángulo aéreo del conjunto, como un fotograma de *Cuando las luces se apagan,* mientras atravesábamos el oscuro asfalto con nuestras mochilas. «Toma de apertura de la película *La imbécil que pensó que el amor era para siempre*» es lo que diría en la leyenda.

La habitación parecía una habitación, nada extraordinario. Las cortinas se cerraban con una larga vara de plástico parecida a la que Mika Harwick utiliza con los caballos en *Mírame a los ojos.* El escritorio era endeble y la secadora de pelo, diminuta, como un revólver en la pared del baño. En un enchufe de un rincón, había incrustado un aromatizante de la marca Primavera en el Aire que olía como una flor profanada. Bajé al vestíbulo para tomar hielo y junto a la máquina encontré varias cajas de cartón vacías y apiladas de forma descuidada, todas de muebles. DOS CABECEROS DE MADERA, decía en una. UNA LÁMPARA DE PIE. UNA MESITA DE NOCHE[1], lo juro.

—No consigo que esto funcione —dijiste cuando regresé.

Habías girado la televisión como para darle un corte de pelo y estabas manipulando enchufes, orificios y demás, buscando una conexión.

---

[1] En inglés, «One night stand», que tiene el doble significado de una mesita de noche y un acostón.

—¿Qué haces?

—Prepararme para filmarlo, por supuesto —respondiste.

Mi expresión no debió reflejar que sabía que estabas bromeando.

—Es para ver una película. Se suponía que podría ponerla a través de la computadora. Pensé que sería bonito.

—¿Qué película?

— *Cuando el humo se disperse* —respondiste—, de la colección de Joan. Me sonó como algo que podría gustarte. Y a mí también. Trata de un soldado y una veterinaria que se conocen en plena guerra, fuera del país, supongo, eso dice la sinopsis...

—Es buena —dije en voz baja.

Solté el hielo, pero sin retirar las manos de él. Sobre la cómoda, dos pequeñas botellas, una cerveza para ti y vino blanco australiano, transportado en barco o en avión alrededor del mundo, pensé. *Todo el trayecto* desde Australia.

—Vaya, ya la viste.

—A medias. Hace mucho tiempo.

—Bueno, podemos verla en la computadora.

—No importa.

—Eh.

—Quiero decir que tal vez.

—También hay fresas —exclamaste sacando un recipiente de tu mochila.

Habías pensado en todo, pensé.

—¿Cómo encontraste fresas en noviembre?

Las agarré para lavarlas en el baño.

—En una tienda que hay pasando Nosson. Abre solo diez minutos los miércoles a partir de las cuatro de la tarde.

—Cállate.

—Te quiero.

Me vi reflejada en el amarillento espejo.

—Yo también te quiero.

Cuando regresé, habías cambiado de algún modo la iluminación, aunque la colcha seguía siendo horrible, no había nada que hacer con ella. Dejé las fresas, que iban goteando. Tus hombros se elevaron bajo tu camisa, estaba deseando verlos de nuevo, tan hermosos. *Extraordinarios*. Y te miré a los ojos, abiertos de par en par e iluminados de cariño y malicia y lujuria. Por mí, igual que yo. Tuve una sensación, ni creerías cómo fue. No pudiste filmarlo, así que no quedó inmortalizada. Estuvo a punto de no suceder, pero ahí estaba sucediendo de todos modos. Me quité los zapatos de un golpe, mordiéndome el labio para evitar reírme. Estaba pensando en algo que el entrenador les decía siempre a ti y al equipo en el entrenamiento, mientras yo miraba. «Está bien, chicos —exclamaba en ocasiones—, manos a la obra».

Carajo, recuerdo que dijiste. Yo estaba sonriendo porque no había necesitado indicaciones como pensé que necesitaría, no demasiadas. Pude hacer algunas cosas. Y en algunos momentos lo hice muy bien.

—**¿Esta vez estuvo mejor?** —preguntaste.

—Se supone que duele —respondí.

—Lo sé —dijiste, y pusiste ambas manos sobre mi cuerpo—. Aunque supongo que lo que quiero saber es ¿qué se siente?

—Como si te metieras una toronja entera en la boca.

—¿Quieres decir que entra justo?

—No —respondí—, quiero decir que no encaja. ¿Has intentado alguna vez meterte una toronja entera en la boca?

Las risas fueron lo mejor.

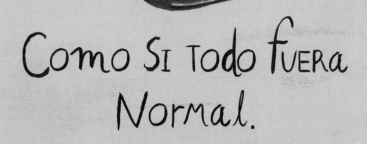

Como si todo fuera
Normal.

Y luego, bien entrada la noche, nos moríamos de hambre, ¿recuerdas?

—¿Llamamos al servicio a la habitación? —pregunté.

—No tentemos a la suerte, pagamos en efectivo —respondiste, y buscaste un directorio telefónico—. Pizza.

—Pizza.

Al reflexionar sobre ello me dio rabia. No pude evitar pensar: mi primera comida de adulto y lo que se me antoja es algo de niños.

Cuando nos la entregaron, me sentía avergonzada y me escondí en el baño. Escuché cómo hablabas con el chico como si nada e incluso te reías de algo, como si todo fuera normal, en camiseta y bóxers en la puerta, tomando la pizza con los billetes del cambio encima mientras yo me acurrucaba junto al lavabo pasándome este peine por el pelo. Me sentía como si me hubieran dejado apoyada en un poste, igual que una bicicleta o un perro mientras su dueño charla ajeno y relajado. Fue tu tranquilidad, me di cuenta de ello, tu tranquilidad y tu experiencia lo que me provocó náuseas. Agarré el peine, el mensaje de cartón del toallero, como si estuviera escondiendo pruebas vergonzosas. Nunca había sentido nada igual, pero tú ya lo habías hecho todo antes.

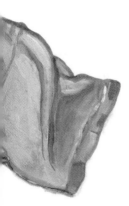

Con el primer mordisco de pizza me saltó una salpicadura de salsa sobre la playera, y tenía un aspecto tan sanguinolento que tuve que quitármela. Me diste esta, otro más del increíble número de objetos que traías en tu mochila sin fondo, y dormí a tu lado con ella puesta, y luego durante noches y noches en casa, tan larga que sentía como si estuviera dentro de ti, tú con las piernas estiradas y yo acurrucada en tu pecho, donde palpitaba tu corazón, lo que acompasó nuestros ritmos, supongo. Nos besamos con tanta ternura cuando nos despertamos, sin importarnos nuestro aliento agrio y la colcha incluso más fea de día. Pero tuvimos que apresurarnos con el café, antes de que Lauren llamara o cualquiera lo descubriera. Ya era por la tarde y un gris reprobador cubría el cielo. «Yo también te quiero», recuerdo que dije, así que debió haber sido una respuesta, tú debiste decirlo primero, pero incluso ahora, mirando esta camiseta, trato de no pensar ni visualizar nada en absoluto. Aquella noche, sola sobre el techo del garaje, me la puse, Ed, como refugio y segunda piel, es lo que creo. Sentía la cama demasiado vacía para dormir, así que me sumergí en la oscuridad para encender algunos de aquellos cerillos, sintiendo que hacía décadas de lo del Mayakovsky's Dream, y las diminutas llamas se extinguieron con el viento tan pronto como abandonaron mis manos. Sentí frío, sin razón alguna. Sentí calor, también sin motivo. Sonriendo, llorando, esta camiseta fue mi única compañía aquella noche y muchas otras después. Me la puse, esta prenda sin importancia que ni siquiera recuerdas haberme dado de tu mochila. Esto que te estoy devolviendo no fue un regalo. Fue apenas un gesto, casi olvidado ya, esta camiseta que llevé puesta como si le tuviera aprecio. Y se lo tuve. No me extraña que rompiéramos.

Bueno, estos fueron un regalo que me esperaba dentro del casillero el lunes. Como ya tenías mi combinación, podías hacer ese tipo de cosas. Son horrorosos, o no, no realmente, pero no me van. No quiero imaginar, ¡no voy a imaginar!, quién demonios te ayudó a escogerlos. O en qué estabas pensando. Míralos, colgando de manera estúpida. ¿En qué *estabas* pensando?

Toma estas reliquias también. Al me acaba de decir dónde las consiguió, en Bicycle Stationery, en uno de esos grandes cestos que sacan frente al escaparate como si fuera a aparecer un encantador de serpientes. Pero cuando las colocó en mis manos aquella mañana, no me lo contó. Había muchas otras cosas que decirse. Había estado sentado en la banca del lado derecho, nuestro lugar habitual, por el que yo no había aparecido desde que tú y yo empezamos a desbaratar mi vida. Parecía también una reliquia, el viejo Al con la vieja Lauren y un espacio para mí, vacío como una tumba saqueada.

Era asombroso que yo pasara por ahí, pero estaba tan perdida en mis temblorosos pensamientos que había olvidado entrar a Hellman por la nueva ruta para saludarte con la mano mientras lanzabas al aro, y tal vez incluso besarnos un poco a través de la alambrada como prisioneros separados. Pero ahí estaba yo, y Al se acercó para unirse a mi paso. Incluso después de diez días, las chicas probablemente caminemos de un modo distinto después de perder la virginidad, solo porque pensamos que todo el mundo puede notarlo.

—¿Qué es esto?

—Le juré a Lauren que hablaría contigo —dijo Al— y sé que tú también lo juraste.

—¿Por qué lo juraste tú? —le pregunté.

—Por Gina Vadia en *Tres verdaderos mentirosos*.

—Esa es buena —dije, aunque sabía que la había elegido únicamente por los coches deportivos.

—¿Y tú?

—Por *El descenso del ascensor*.

—Es bonita.

—Sí.

—Pero no me llamaste —se quejó.

—Bueno —contesté dando vueltas al paquete entre mis manos—, pensé que sería mejor comunicarme contigo mediante una postal, pero no tengo ninguna. Oh, mira.

—Pensé que servirían de invitaciones —dijo Al—. Para la fiesta.

—¿Aún me ayudanrás con eso? —le pregunté.

—No creo que Lottie Carson deba sufrir las consecuencias de que nos hayamos peleado.

Hablaba con un perfecto tono inexpresivo, pero su rostro mostraba cautela, casi desesperación. Tras él, Lauren caminaba lentamente a cierta distancia, observándonos a los dos como si fuéramos una subida peligrosa.

—Échales un vistazo.

Las hojeé sin desatarlas.

—Guau, volcanes.

—Son perfectas, ¿no? Por su papel en *La caída de Pompeya*...

—Claro.

—Si es que vamos a homenajearla de verdad...

—Sí, gracias. Ed y yo hemos pensado que primero deberíamos invitarla, para asegurarnos de que no tiene otros planes. Quiero llevarle flores, hacerlo en persona.

—¿De verdad?

—Bueno, me da un poco de miedo —confesé—. Tal vez solo le escriba una tarjeta —di un largo y lento trago de nada—. Gracias, Al. Son preciosas.

—Por supuesto. ¿Para qué sirve la amistad?

—Así es.

—Escucha, Min —Al hundió tanto las manos en sus bolsillos que pensé que nunca se las volvería a ver—. No pienso que tú y Ed...

Mi puño se cerró sobre las postales.

—No, no, *no* digas nada sobre Ed. Él no es lo que quiera que pienses que es.

—No es eso. No tengo ninguna opinión sobre él.

—*Por favor.*

—De verdad. Eso es lo que quiero decirte. Lo que dije, las cosas que dije sobre él... A lo que me refiero es que existe una razón por la que las dije.

—Porque no te cae bien —respondí en un tono que nunca pensé que utilizaría con mi amigo Al—. Lo entiendo.

—Min, no lo conozco. A lo que me refiero es a que no se trata de él.

—Entonces ¿de qué...?

—Hay una razón.

—Está bien —exclamé, harta de aquella mierda—, entonces dímela, y deja de jugar a los secretos.

Al miró a mi espalda, al suelo, a todas partes.

—Le juré a Lauren que te contaría esto —dijo en voz baja, y luego—: *Celos...* ¿de acuerdo?... Por eso.

—¿Por *celos*? ¿Es que hubieras querido jugar basquetbol? Al suspiró.

—No seas idiota —se quejó—, y resultará más fácil.

—*No* lo soy. Ed...

—... está contigo —Al terminó la frase por mí, por supuesto. La escuela se volvió enorme, todo a mi alrededor. Hay tantas películas así, en las que piensas que has descubierto la trama, pero en las que el director es más listo que tú: *por supuesto* que es él, *por supuesto* que era un sueño, *por supuesto* que está muerta, *por supuesto* que está escondido justo ahí, *por supuesto* que es la verdad y tú, en tu asiento, no te has dado cuenta en la oscuridad. Las había intuido todas, cada una de las revelaciones que me habían sorprendido, pero esta no, ni tampoco sabía cómo se me podía haber pasado.

—Vaya —dije, o algo así.

Al me regaló una sonrisa de ¿qué puedo hacer?

—Sí.

—Supongo que *soy* una idiota.

—Uno de los dos lo es —añadió Al sencillamente—. No hay nada idiota en no pensar en mí de ese modo, Min. La mayoría de la gente no lo hace.

—Pero la chica de Los Ángeles... —dije—. Oh —*por supuesto,* otra vez—. ¿De quién fue la idea?

—Fue por aquella película, *Bésame, tonto.*

—Pero es una película horrible.

—Sí, bueno, pero no funcionó inventarse esa historia —dijo Al—. No te pusiste celosa.

—Parecía linda —dije con nostalgia.

—Simplemente te describí a ti —respondió Al.

Entonces deseé decir ¿dónde estabas *en todos mis momentos de soledad?* Pero sabía que era justo a mi lado.

—¿Por qué no me dijiste nada?

—¿Habría importado?

Suspiré temblorosa, sin poder aguantar más. Dije alguna insignificancia, emití algún sonido para no responder *probablemente.*

—Bueno, supongo que te lo estoy diciendo ahora.

—Ahora que estoy enamorada.

—Tú no eres la única —dijo Al.

Tenía un buen corazón, Ed. Lo *tiene* aún: se fue a dar una vuelta con la camioneta para que pueda terminar. Pero aquella mañana —12 de noviembre—, no tenía ningún lugar donde ponerlo y apenas pude sostener estas postales de antiguos peligros y desastres. Estaba parpadeando demasiado, lo sabía. En un segundo, sonaría el timbre.

—Es demasiado, lo sé —dijo Al—. Y no tienes que... ya sabes, sentir lo mismo ni nada por el estilo.

—No puedo —respondí.

—Bueno, entonces, no hagas nada —dijo él—. También está bien así, Min. De verdad. Pero dejemos de *ponernos mala cara* el uno al otro, sin hablarnos. Vamos a tomar un café.

Sacudí la cabeza.

—Tengo un examen —fue mi estúpida respuesta.

—Bueno, ahora no. Pero *en algún momento.* Ya sabes, en Federico's. Hace un montón de tiempo que no vamos.

—En algún momento —respondí, sin estar muy convencida, pero Al dijo:

—Bueno —y levantó un pie como suele hacer, dejándolo en equilibrio, igual que si hubiera un punto donde hiciera falta tener cuidado.

—Bueno —respondí también.

Daba la impresión de que Al quisiera añadir algo más. Debío haberlo hecho, aunque yo no quería que lo hiciera. No habría importado.

—Bueno, pero, ¿estamos bien?

—Bueno —repetí y repetí y luego le aseguré que tenía que irse.

Hemos llegado al fondo, casi vacío. Estos restos secos son como el confeti que encuentras en la calle de una fiesta a la que nadie te invitó. Pero debo admitir que solían formar parte de algo hermoso.

Lauren me dijo cuando salimos por ahí aquel fin de semana que seguramente querías que te descubriera, que se terminara, y que por eso acabamos en Willows después del entrenamiento. Pienso en eso una y otra vez. Aunque creo que simplemente equivocaste la estrategia. He visto cómo sucede en los partidos, de repente los otros se abalanzan sobre ti y la pelota desaparece en el instante en el que tus ojos vacilan, en un leve momento de distracción. Te sucedía algunas veces, cuando te ponías fanfarrón o no habías dormido lo suficiente.

—Dios, necesito un café —dijiste al salir del gimnasio—. Con mucha leche y tres de azúcar.

Yo, como una idiota, saludé con la mano a Annette y te tomé del brazo para arrastrarte conmigo.

—Vamos a Willows —dije.

—¿Cómo? ¿Por qué no a mi casa?

—Joan se está cansando de mí —respondí—. Además, quiero ir a casa de Lottie Carson. Hoy es el día perfecto para invitarla.

—Bueno, vamos para allá —dijiste—, pero ¿por qué a Willows? Me aseguraste que nunca querrías flores.

—Son para ella —exclamé—. Luego te puedes tomar un café en Fair Grounds mientras yo le escribo una de estas.

—¿Una de qué?

—Mira. Bonitas, ¿eh? Hizo una película sobre volcanes.

—¿Dónde las conseguiste?

—Las compró Al.

—Así que ¿las cosas han mejorado entre ustedes?

—Sí, estamos bien.

—Estupendo. Debe haberse acostado con alguien, Todd dice que estaba demasiado nervioso, incluso en clase. ¿Vino a verlo la chica de Los Ángeles?

—Es una larga historia —respondí.

Asentiste con desdén y luego recordaste que se suponía que debías escuchar ese tipo de cosas.

—Cuéntamelo frente a un café —dijiste.

—Las flores primero.

—Min, no sé. ¿Flores? ¿Por qué?

—Porque ella es una estrella de cine —contesté— y nosotros... digamos que unos muchachitos de prepa.

—Vamos a tomarnos un café y a hablar de ello.

—No, me dijiste que Willows cierra temprano.

—Sí —admitiste, eras bueno en matemáticas—. Por eso propuse que el café primero.

—*Ed.*

—*Min.*

Nos quedamos quietos, enojados el uno con el otro, pero sabiendo, al menos yo, que se trataba de otra pelea efectista.

—Todavía no te has puesto los aretes —dijiste, como si eso pudiera oscilar la balanza a tu favor.

—Ya te lo dije —exclamé—. Son como demasiado elegantes.

—Ella no opinaba lo mismo cuando los compré.

—Ella, ¿quién?

—No lo sé —balbuceaste—. La mujer de la joyería.

—Bueno, pues lo son. Podemos ir a algún sitio elegante y entonces me los pondré —esto era una insinuación, ojalá no tuviera que admitirlo, para que me invitaras al baile de fin de curso. No lo habías hecho, no lo hiciste, eres un cerdo—. Pero ahora mismo, toca Willows. Vamos.

Te arrastré dos o tres cuadras, sudoroso, tratando de escabullirte, moviendo las piernas de puntitas como si te estuvieras meando, en una especie de baile caricaturesco que aun así destilaba gracia. Tu mano se retorcía en la mía como una rana atrapada, tu pelo necesitaba un corte, y los labios los tenías mordisqueados y húmedos. Ojalá fuera la última vez que te encontré atractivo, Ed. Podría haberte soltado en ese momento, haber rechazado tus besos y habernos lanzado entre el tráfico para que ahora tu imagen no me persiguiera por los pasillos. Debí haber tenido una intuición justo en ese instante, en el último paso de peatones cuando el semáforo cambió, pero en vez de eso...

La puerta de Willows se abrió con un silbido. En el interior había un invernadero de posibilidades entre las que dudaste y te encogiste de hombros.

—¿Qué quiere decir esa actitud? —pregunté—. Tú has regalado más flores que yo.

—Eh.

—Aunque imagino que llevas algún tiempo sin hacerlo, ¿eh? Estas son bonitas. Azucenas.

—Eh.

—Algunas son tan preciosas que nunca tendría que haber dicho aquello de las flores. Debí haberme peleado contigo una y otra vez solo para que me las regalaras.

—Eh.

—¿Las eliges siguiendo ese antiguo código de que los narcisos significan «siento haberme retrasado», las margaritas, «perdona que te avergonzara delante de tus amigos», y esas cosas en abanico de ahí, «estaba pensando en ti»? ¿O simplemente combinas lo que queda bien? —actuaba como una estúpida marioneta, con alegría y pensando que estaba siendo genial cuando todo era una estúpida broma que incluso los niños encontrarían tediosa—. ¿Cuál sirve para decir «feliz cumpleaños» o «por favor, venga a nuestra fiesta»? ¿Cuál es el código floral para «usted no me conoce, pero si es quien pensamos que es, nos encanta su trabajo y mi novio y yo hemos estado organizando un elegante evento para su ochenta y nueve cumpleaños, por favor, venga»? ¿Cómo se dice «haz mis sueños realidad»?

—Tú debes ser Annette.

No, así no.

—¿Cómo estás, Ed? —dijo el tipo de la florería, calvo y con los lentes sujetos a una hilera de cuentas. Me convencí a mí misma de que no había dicho aquello o que no lo había oído o que no estaba viendo cómo permanecías en silencio, incluso mientras él sacudía mi mano—. Es estupendo poner cara a un nombre por fin.

—No, Ambrose —dijiste finalmente—. Solo estamos buscando...

—Sé lo que están buscando —respondió con un arrullo y un gesto de la mano, y se dirigió hacia una hilera de refrigeradores—. Me estás ahorrando el costo del transporte. Cargaré diez dólares en la cuenta de tu madre, Ed. ¿Conoces a su madre, Annette? —cerró la puerta y volvió hacia mí con un ostentoso ramo escarlata—. Siempre le han gustado las flores —dijo, y me lo colocó en las manos, brillante, un impresionante arreglo, enorme en un jarrón helado entre mis dedos. Rosas rojas. Todo el mundo sabe lo que significan.

—No son para ella —dijiste de repente, y Ed, esto fue también una maldita injusticia.

—¿Tú no eres Annette?

Annette, aún tardé un segundo en reaccionar. Era el nombre escrito en el sobrecito, sobresaliendo en un arpón de plástico como un escupitajo en mi cara. Las rosas rojas deberían ser para la novia, y esa era yo. Así que lo tomé, el sobre también estaba frío, y afilado en los bordes.

—No —dijiste en voz baja.

Ed, eran muy, muy bonitas.

—Me gustaría ver —me escuché mentir— lo que le has escrito a...

Ya lo había rasgado para abrirlo. El grito ahogado que inundó la estancia debió haber sido mío, qué vergüenza.

«No puedo dejar de pensar en ti».

Fue un océano, un cañón de espanto. No me vino a la mente nada que se le pareciera, ninguna escena en una florería. Deja de tragar saliva, pensé. Tienes cara de imbécil en el reflejo de la puerta. En casa, viendo esta película, habría predicho: y ahora ella le pregunta, ¿desde *cuándo?*

Y lo dije.

—Min...

—Me refiero a que da la impresión de que *cierto* tiempo —repliqué, y noté la palabra viscosa en la boca—, porque no puedes dejar de pensar en ella.

El florista se puso la mano sobre la cara. Todos tus comentarios sobre los gays, tuve tiempo de pensar, y mira quién conoce tus secretos de pareja, Ed.

—Min, estaba tratando de decírtelo.

—Pero esto no es para mí —exclamé, y algo se arrugó en mi puño. Se produjo un estruendo contra el suelo, el estruendo de algo que se deja caer.

—Min, te quiero.

—Y no puedes dejar de pensar en mí —dije—, es lo que decía en tu nota.

Mi mente traqueteó al intentar hacer las cuentas. Debías haber dejado de pensar en mí porque no podías dejar de pensar en Annette. Pensé en ella vestida con las cadenas, el hacha, y cerré el puño en torno a estos malditos pétalos que ves aquí. *No podías dejar de pensar en quién,* pensé, una fracción que fui incapaz de sumar mentalmente. Necesitaba ayuda, pero tú eras el único que sabía utilizar bien el jodido transportador.

—Min, escucha...

—¡Estoy escuchando! —grité. Te tiré el sobre *(ahora le va a tirar el sobre a la cara)* a la cara—. ¿Estás... cuándo...?

—Oye, en primer lugar nunca dije que no fuéramos a salir con otras personas.

—¡*Pura mierda!* —exclamé—. ¡Dijimos exactamente eso!

—Yo dije que no *quería* salir con nadie más —por un segundo regresé al ruidoso autobús, fue Halloween de nuevo y sentí el aire de la noche en los brazos—, no que...

—¡*Pura mierda!* ¡Dijiste que me querías!

—Y te quiero, Min, pero Annette, bueno, vive justo al lado. Y sabes que hemos seguido siendo amigos. Quiero decir que tú tienes amigos, sabes cómo es eso, y nunca te lo he echado en cara...

—¿Que vive cerca?

—Así que venía algunas noches, solo para hacer la tarea o lo que fuera. Ella nunca se ha llevado bien con Joan, así que estábamos siempre arriba.

—Oh, Dios.

—Le gusta el basquetbol, Min. No sé. Su padre era amigo del mío. Sabe escuchar. Y sí, la mayor parte del tiempo actuamos solo como amigos.

—Tú... ¿te has acostado con ella?

Empecé a sumar noches, aquellas en las que no hablamos por teléfono, o si lo hicimos, fue rápidamente. Las respuestas enfadadas y evasivas de Joan, que subía al piso de arriba dando pisotones para ir en tu busca. Yo sabía escuchar, sé escuchar. Lo estaba escuchando todo. Pero no decías nada, ni ahora ni entonces. Solo oía el agua que resbalaba por el suelo, una respuesta que conocía, derramada del hermoso jarrón.

—Oye, Min, sé que no me crees, pero esto es duro. Para mí también. Es horrible, es raro, es como si fuera dos personas y una de ellas se sintiera... sí, Min, *realmente*... realmente, realmente feliz contigo. Te quería, te quiero. Pero por la noche

Annette llamaba a mi ventana y era como otra cosa, como un secreto que ni siquiera *yo* conocía...

La estancia vibró, las puertas de cristal del refrigerador también. Te callaste. Debo de haber gritado, pensé.

—Min, *por favor.* Fue... somos... *diferentes,* ya lo sabes —tenías la misma mirada que en la cancha, pensando rápidamente una estrategia—. Debe haber... no sé, una película, ¿no? ¿No hay una película que trata de dos tipos, gemelos creo, uno que hace lo correcto y otro...?

—Esto no es una película —repliqué—. Nosotros no somos actores de cine. Nosotros somos... oh, Dios mío. *Oh, Dios mío.*

En ese momento, clavé la mirada en algo, *fijamente.* ¿Cuántas cosas terribles se proyectarían frente a mí, me pregunté, cuántas escenas malas en películas peores, estúpidos errores, cuántas aberraciones que debían ser arrancadas de las paredes?

—Oye —dijo el florista—. Espera.

Liberé mi muñeca de su mano y continué rasgando. Lo rompería todo, pensé, destrozaría lo que me diera la gana y a quienquiera que intentara detenerme.

—Espera —repitió el tipo—, espera. Me doy cuenta de que estás disgustada y, bueno, parte de la culpa es *mía.* Pero no puedes destruir mi tienda. Eso es *mío,* cariño. Ella lo ha sido todo para mí y nunca volveré a encontrar algo así si tú...

Salí corriendo con ambas manos llenas, bramando. Nadie de los que caminaban por la banqueta se preocupó. El aire era demasiado frío, como si hubiera olvidado mi abrigo, y luego noté un insoportable bochorno y calor en la boca, en el cuerpo. Me perseguiste. Mi jodida virginidad, pensé sintiendo un retortijón y dando bandazos. Lo habías previsto todo, lo conseguiste todo. Bañarnos juntos. Tu cuerpo dentro del mío. Conseguiste cada pedacito de piel mientras que yo, un puñado de pétalos en una mano, de las flores de otra persona, y esto en la otra. ¿Cuántas veces habías estado en Willows, cuántas lo habías visto justo ahí, clavado con tachuelas en la pared junto a la fotografía de unos gatitos colgando de un árbol, con los ojos saltones y tristes y una estúpida advertencia que todo el mundo ha visto un millón de veces?

—¿Sabías esto? —vociferé.

Me ofreciste otro exasperante encogimiento de hombros.

—Min, no entendí...

—Yo no lo entiendo —dije tratando de *no flaquear*—. ¿Vas a... me abandonaste por otra chica y ni siquiera me he enterado?

Parpadeaste como si, tal vez, fuera una suposición bastante acertada.

—¿Y luego esto? ¿Esto? Y nunca...

—¡Min, fuiste tú la que lo dijo, siempre dijiste que *incluso si no fuera!* Dijiste que *incluso si no fuera*...

—¿Lo sabías y no me lo contaste?

De tu boca no salió ni una sola palabra.

—¡Dime algo!

—No sé —dijiste, hermoso bajo el sol cada vez más tenue. Podría haberte tocado, quería hacerlo, no podía soportarlo. ¿Quién eras, Ed? ¿Qué podía hacer contigo?

—¿Cuál es la otra opción? —grité—. ¿Qué otra cosa hay?

—Min, es diferente —dijiste, pero yo estaba sacudiendo la cabeza con violencia—. ¡Tú lo *eres!* Tú eres...

—¡No digas *bohemia!* ¡Yo no soy bohemia!

—... diferente.

Eso fue lo que me destrozó. Huí calle abajo porque no era cierto. *No lo era.* Ni antes ni ahora. Tú eres un jodido atleta y podrías haberme alcanzado sin echarte a sudar, pero, Ed, no lo hiciste, no estabas ahí cuando llegué a una esquina lejana y perdida y me quedé quieta, jadeando, con las manos llenas de todo lo que había perdido. No era cierto, Ed, iba a gritártelo cuando dijiste mi nombre, pero te habías ido, no eras tú. De todas las personas imaginables era Jillian Beach la que estaba ahí, en el semáforo en rojo, en ese coche que su padre le había comprado con defensas brillantes y una música horrible. Fue mi mejor amiga, Ed, así de jodidamente bajo me hiciste caer. Ella solo abrió la puerta del copiloto y yo gimoteé por todas partes. Quitó la radio. Ella, de todas las personas imaginables, y no me preguntó nada. Más tarde me vino a la mente haberla visto evitar mi mirada en los casilleros, así que debía saber lo que significaba encontrarme ahí sola y sollozando: que finalmente lo había descubierto. Pero luego me resultó simplemente mágico y muy gratificante que no dijera nada, que me permitiera llorar desesperada y horrible en su coche, que condujera lentamente hasta donde sabía que necesitaba ir y luego se detuviera. Se inclinó sobre mí y abrió la puerta. Me dio el bolso, a pesar de que mis manos estaban llenas, y un beso, Ed, incluso un beso en mi mejilla llorosa. Luego, un leve empujón. En ese momento me dio hipo, no podía ser peor, pero vi lo que ella pretendía que viera y franqueé la puerta tropezando. Los escasos clientes alzaron la vista hacia la chica que lloraba, y Al se levantó de la mesa en la que siempre nos sentamos en Federico's, si podemos, con el rostro pálido y grave mientras yo me deshacía en lágrimas y le contaba toda la verdad.

Y la verdad es que *no* lo soy, Ed, es lo que quería decirte. No soy diferente. No soy bohemia como asegura todo el que no me conoce: no pinto, no dibujo, no toco ningún instrumento, no canto. Quería decirte que no actúo en obras de teatro, que no escribo poemas. No bailo excepto cuando estoy alegre en las fiestas. No soy deportista, no soy gótica ni porrista, no soy tesorera ni segundo capitán. No soy una lesbiana que ha salido del clóset y se siente orgullosa, ni el chico ese de Sri Lanka, ni una trilliza, una estudiante de colegio privado, una borracha, un genio, una *hippie,* una cristiana, una puta, ni siquiera una de esas chicas superjudías que tiene una pandilla con kipá y le desea a todo el mundo un feliz Sucot. No soy nada, es lo que le reconocí a Al mientras lloraba dejando caer los pétalos de mis manos, pero sujetando esto con demasiada fuerza como para permitir que cayera. Me gustan las películas, todo el mundo lo sabe —las adoro—, pero nunca estaré al frente de ninguna porque mis ideas son estúpidas y están desordenadas en mi cabeza. No hay nada diferente en eso, nada fascinante, interesante, que valga la pena mirar. Tengo un pelo horrible y ojos de tonta. Tengo un cuerpo que no es nada. Estoy demasiado gorda y mi boca es increíblemente fea. Mi ropa es una broma y mis bromas son desesperantes y complicadas y nadie más se ríe con ellas. Hablo como una imbécil, no sé decir nada que haga pensar a la gente como yo, simplemente parloteo y tartamudeo como una fuente rota. Mi madre me odia, no puedo complacerla. Mi padre nunca me llama y luego lo hace en el momento equivocado y me envía regalos enormes o nada y todo eso provoca que le ponga mala cara, y encima me puso de nombre Minerva. Hablo mal de todo el mundo y luego me enfurruño cuando no me llaman. Mis amigos se desvanecen como si los hubiera lanzado desde un avión, mi exnovio piensa que soy Hitler cuando me ve. Me rasco ciertos lugares del cuerpo, sudo por todas partes, mis brazos, la manera en que me muevo de forma torpe tirando cosas, mis calificaciones normalitas y mis intereses estúpidos, el mal aliento, los pantalones ajustados por detrás, mi cuello demasiado largo o algo así. Trato de engañar y me descubren, me hago la interesante y meto la pata, estoy de acuerdo con los mentirosos, digo cualquier tontería y pienso que es algo inteligente. Me tienen que vigilar cuando cocino para que no queme el guiso. Soy incapaz de correr cuatro cuadras o de doblar un suéter. Finjo como una imbécil, bromeo como una loca, perdí la virginidad y ni siquiera eso lo hice bien, accediendo a ello y poniéndome triste e irritándome después, aferrándome a un chico que todo el mundo sabe que es un tarado, un bastardo, un imbécil y un cabrón, queriéndolo como si tuviera doce años y descubriendo toda la verdad de la vida en la sonrisa de un recorte de revista. Amo como una loca, como en una comedia romántica, como una boba con demasiado maquillaje que dice su extraño guión a un hombre atractivo cuyo propio espectáculo de comedia ha sido cancelado. No soy una romántica, soy una tonta. Solo los estúpidos pensarían que soy lista. No soy nada que nadie debería saber. Soy una lunática que deambula en busca de migajas, soy todos y cada uno de los miserables imbéciles a los que he desdeñado y pretendido no reconocer. Soy todos ellos, cada uno de los últimos detalles horribles en un mal disfraz de última hora. No soy diferente, en absoluto, no soy distinta a otra partícula cualquiera. Soy una imperfección imperfecta, una ruina ruinosa, unos restos manchados y tan destrozados que soy incapaz de descubrir lo que era antes. No soy nada, nada de nada. La única particularidad que tenía, lo único que me diferenciaba, es que era la novia de Ed Slaterton, que me amaste durante unos diez segundos, pero a quién le importa, qué más da, porque ya no lo soy y qué humillante para mí. Qué error fue pensar que era alguien distinto, como pensar que las áreas verdes te convierten en una vista hermosa, que el que te besen te transforma en alguien a quien apetece besar, que sentir calor te convierte en café, que el que te gusten las películas te convierte en director. Qué absolutamente erróneo es pensar que es de otra forma, que una caja de basura es un tesoro, que un chico que sonríe es sincero, que un momento agradable es una vida mejor. No es espantoso pensar así, una niña regordeta en un salón que sueña con bailarinas, una chica en la cama que sueña con *Nunca a la luz de las velas,* una loca que piensa que la quieren y sigue a una extraña por la calle. No hay ninguna estrella de cine que camina por ahí, es lo que sé ahora, no la sigas pensando así, no estés ridículamente equivocada y sueñes con una fiesta para su cumpleaños ochenta y nueve. Todo se ha acabado. Ella murió hace mucho tiempo, es la absoluta realidad de lo que me golpeó el pecho, la cabeza y las manos para siempre. No hay estrellas en mi vida. Cuando Al me dejó en casa, exhausta y destrozada, para subir al techo del garaje y repasar todo de nuevo, llorando sola, no había ni siquiera estrellas en el cielo. Los últimos cerillos fueron mi única luz, lo único que me quedaba, y luego esos cerillos, esos que tú me diste, cabrón, esos murieron y se convirtieron en nada también.

LA ACTRIZ LOTTIE CARSON

Ni un solo crisantemo araña quedaba en las florerías de Hollywood hoy, día en el que Lottie Carson, una de las mejores actrices de la edad dorada de Hollywood, recibió sepultura en un cementerio privado ubicado en la propiedad del famoso director de cine P. F. Mailer.

El crisantemo araña se convirtió en la flor fetiche de Carson tras su sorprendente debut en la que fue, sin embargo, una película común y corriente, La joven del crisantemo araña. Aunque Carson interpretaba un pequeño papel, espectadores de todo el mundo quedaron embelesados por su inolvidable rostro y su número de baile, Olfato para las noticias, en el que Carson y otras doce bailarinas formaban una cara contorsionando sus cuerpos ataviados con trajes en un baile que terminó siendo una prueba clave en un afamado caso del Tribunal Supremo de los Estados Unidos.

Carson, bautizada con el nombre de Bettina Vaporetto en Buffalo, Nueva York, era hija de dos inmigrantes italianos conocidos en el barrio por sus peleas domésticas, que acababan en amenazas con sartenes en las calles —tanto Vincent como Angelina Vaporetto eran aficionados a la esgrima— a cualquier hora del día o de la noche.

cont. pág. 8

MUERE A LOS SETENTA Y CINCO AÑOS

una de las primeras imágenes promocionales de
Carson con uno de sus famosos crisantemos araña entre los dientes.

Compré esto pero no lo utilicé. Al y Lauren me secuestraron para preparar lasaña de setas y llorar en la mesa en vez de esconderme en los asientos no reservados para verte jugar, como les aseguré que quería hacer.

—Ten algo de dignidad —me dijo Lauren, y Al se mostró de acuerdo asintiendo con la cabeza detrás del rallador de queso—. No querrás ser la triste exnovia de la tribuna.

—Soy la triste exnovia de la tribuna —respondí.

—No, estás aquí con nosotros —dijo Al con firmeza.

—Es lo único que soy —gimoteé—, y lo único que hago es cenar con mi madre toda deprimida, o llorar en la cama, o mirar fijamente el teléfono...

—Oh, Min.

—... o escuchar a Hawk Davies y tirarlo para luego rescatarlo de la basura y escucharlo de nuevo y repasar la caja otra vez. No me queda nada más. Soy...

—¿La caja? —preguntó Al—. ¿Qué es eso de la caja?

Me mordí el labio. Lauren lanzó un grito ahogado.

—Lo sé —dije—. Lo sé, lo sé, debería haber terminado con él en Halloween.

—¿Qué es eso de la caja? —repitió Al.

Lauren se inclinó para mirarme fijamente a los ojos.

—Dime que no —exclamó—, prométeme que no tienes una caja con cosas, con *tesoros* de Ed Slaterton, que has estado manoseando. Por Dios santo, no. ¿No te lo dije, Al? ¿No te dije que debimos haber pasado por su habitación un peine de cerdas finas y haber quemado todo lo que encontráramos relacionado con Slaterton? En cuanto nos enteramos de su comportamiento canalla, *canalla,* debimos haber alquilado unos de esos trajes anti-rradiaciones y haber saltado en paracaídas sobre su habitación...

Lauren se calló porque yo estaba llorando, y Al se quitó el mandil y se acercó para abrazarme. Al menos, pensé, no estoy llorando tan fuerte como la última vez.

—Es estúpido, lo sé —dije—. Es desesperantemente estúpido. *Soy* desesperantemente estúpida. Es una idiotez conservar todo eso.

—Creo que te has dejado llevar por la desesperación —dijo Al acercándome un pañuelo.

—La Desesperada —exclamó Lauren adoptando una postura de flamenco—. Recorre el desierto destruyendo cajas con tesoros que le habían regalado hombres canallas, canallas.

—No estoy lista para destruirla.

—Bueno, al menos déjasela en la puerta a Ed. Podemos hacerlo esta noche.

—Tampoco estoy lista para eso.

—*Mín.*

—Déjala en paz —la interrumpió Al—. No está lista.

—Bueno, al menos confiésanos lo más vergonzoso que hay en ella.

—*Lauren.*

—Vamos.

—No.

—Canto, eh —amenazó.

Lancé un pequeño suspiro. Al tomó de nuevo el rallador.
Los envoltorios de los preservativos, eso no podía decírselo.
Bobos III. «No puedo dejar de pensar en ti».

—Está bien..., eh, unos aretes.

—¿Unos aretes?

—Unos aretes que él me regaló.

Al frunció el ceño.

—No hay nada vergonzoso en eso.

—Sí lo hay, si los vieras.

Lauren tomó el bloc de notas que la madre de Al tenía
junto al teléfono.

—Dibújalos.

—¿Cómo?

—Será terapéutico. Dibuja los aretes.

—No sé dibujar, ya lo sabes.

—Lo sé, por eso será terapéutico para ti y comiquísimo
para nosotros.

—Lauren, no.

—Está bien, entonces represéntalos.

—¿Qué?

—Que los representes, ya sabes, como en una pantomima.
¡O un baile interpretativo, sí!

—Lauren, esto no me está ayudando.

—Al, échame una mano.

Al me miró, sentada en la mesa de la cocina. Vio que estaba
titubeando. Dio un trago largo, largo de su bebida con menta y
limón y luego dijo:

—Creo que tendría efecto terapéutico.

—*Al,* ¿tú también?

Pero Al ya estaba moviendo una silla para dejarme espacio.

—¿Necesitas música? —preguntó Lauren.

—Pues claro —exclamó Al—. Algo dramático. Allá, esos conciertos de Vengari que le gustan a mi padre. Pista seis.

Lauren subió el volumen.

—Señoras y señores —dijo—, reciban con un fuerte aplauso las coreografías en estilo libre de... ¡La Desesperada!

Me levanté arrastrando los pies y luego ocupé mi lugar, con mis amigos. Así que toma el boleto, Ed. Porque mientras el mundo y su multitud te aclamaban a ti, el segundo capitán, el ganador de las finales estatales, yo también recibía algunos aplausos.

CUANDO LAS LUCES SE APAGAN
BREVE HISTORIA
ILUSTRADA DEL CINE

Devuélvele esto a tu hermana. Yo ya terminé.

Está bien, una última cosa. Había olvidado por completo que estaba aquí. Lo compré en algún momento, cuando estuvimos hablando sobre la comida de Acción de Gracias hace millones de años. Tú aseguraste que el relleno era algo que había que hacer a la manera tradicional, con un bote de —era absolutamente obligatorio— esta extraña marca de castañas que casi ya no se fabrica. Estás equivocado, por supuesto. Las castañas en el relleno saben como si alguien masticara una rama de árbol y luego te diera un beso de lengua. Compré esto para cocinar para ti en Acción de Gracias. Pero Acción de Gracias ya pasó. Al y yo vimos siete películas de Griscemi ese fin de semana en el Carnelian, y metimos a escondidas sándwiches de restos de pavo y la bebida de limón y menta machacada en cantimploras de plástico. No nos besamos, pero nos limpiamos mostaza de la boca el uno al otro, así lo recuerdo. Al acaba de ver el bote.

—¿Qué hace eso ahí? —es lo que dijo.

Le conté lo que había deseado hacer para ti y arrugó la nariz.

—Las castañas en el relleno saben como si alguien masticara una rama de árbol y luego te diera un beso de lengua —aseguró.

—*Puaj.* ¿Y...?

—Oh, sí. Y en mi opinión, los pájaros azules son bonitos.

Hemos llegado a un acuerdo, que cada vez que dé una opinión tiene que añadir otra para compensar todas las veces que no opinó sobre algo. Mi parte del trato, que por fin estoy cumpliendo ahora que estoy lista, era deshacerme de todo esto.

—Aunque me parece haber leído algo de un aperitivo con castañas —está diciendo Al—. Creo que hay que envolverlas en *prosciutto,* rociarlas con *grappa,* asarlas y decorarlas con un poquito de perejil.

—O tal vez queso azul —propuse yo.

—Con eso estaría delicioso.

—¿Podríamos usar castañas de bote?

—Claro. Envolver algo en *prosciutto* contrarresta el sabor a bote. Envolver algo en *prosciutto* contrarresta cualquier cosa.

—Sí —dije, así que, Ed, esto me lo quedo. Esto no te lo voy a devolver. Ni siquiera sabrías de su existencia si no te estuviera hablando de ello: de su enorme peso, de su estúpida etiqueta, de este pedacito de nosotros que no voy a soltar. Me hace sonreír, Ed, estoy sonriendo.

Podríamos probarlo para Año Nuevo, es lo que va a proponerme Al, sé que lo hará. Estamos planeando una cena elegante. Será en honor de nadie, lo decidimos después de mucha charla, charla, charla cargada de cafeína. Hasta ahora la mayoría de los platos los hemos plagiado de *El gran festín de los estorninos,* que alquilamos de nuevo y paramos una y otra vez para descubrir qué tipo de vino utiliza Inge Carbonel. También pasteles de regaliz. Un huevo poco cocido y relleno de anchoa, queso de cabra derretido sobre betabeles o tal vez estas castañas envueltas en *prosciutto,* contrarrestando todo. Velas, servilletas de verdad.

Podría conseguirle otra corbata. Es un proyecto, y parte de él no funcionará (por cierto, siento lo de Annette), pero le gana al asqueroso relleno que comen los atletas, Ed. Nuestros bocetos son desastrosos, pero Al y yo sabemos interpretarlos, podemos imaginar cómo avanzan. El Año Nuevo me hará sentir... no sé, como esas personas felices amontonadas en una larga mesa de madera, no es que sea mi película favorita pero tiene algo, a mi modo de ver. A ti no te gustaría. La razón por la que rompimos es que tú nunca verás una película como esa. El temblor de los tazones de sopa, ese pájaro que pica semillas en un platillo, la manera en que aparece de repente el pretendiente, varias escenas antes de que estés totalmente seguro de que forma parte de la trama. Cierro la caja, exhalo como una camioneta que se detiene, te la tiro con un gesto de Desesperada. Muy pronto me sentiré como esas personas felices, en cualquier momento a partir de ahora, sin importarme amigos ni amante ni lo que contiene ni nada. Lo veo. Y lo imagino sonriendo. Te lo prometo, Ed, también se lo estoy diciendo a Al, tengo una intuición.

Te quiere, Min

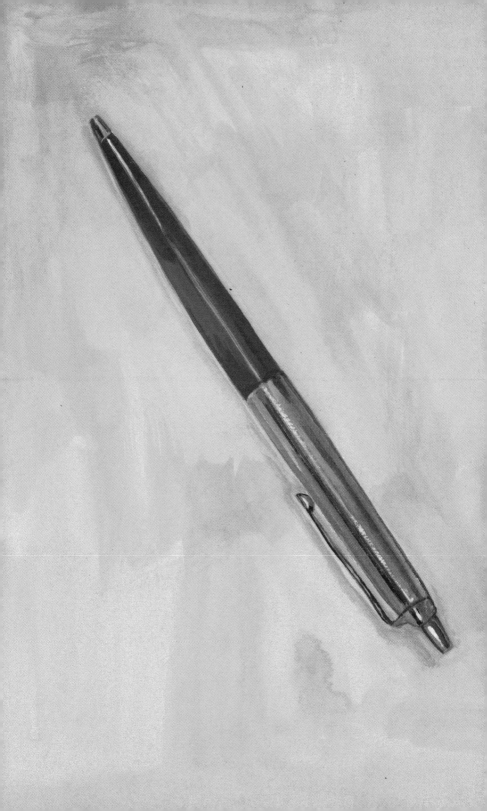